이용악을 읽다

이용악을 읽다

북방의 정서로
유이민의 삶을 노래한 시

전국국어교사모임 지음

머리말

작은 바이러스로 인해 세상의 풍경은 너무도 많이 변해버렸다. 입 모양을 보고 대화하고 공연을 보고 모임을 하고 국내외 가리지 않고 여행을 다니던 일상의 순간들이 참 행복했다는 것을 새삼 깨닫는다. 일상의 자유가 조금 구속받는 것도 답답한 마음인데 여러 곳에서 들려오는 불행한 사건이나 가슴 아픈 소식들은 삶이라는 것이 참 호락호락하지 않음을 느끼게 한다. 어떠한 재난이든 사회의 가장 약한 연결고리부터 무너트리는 모습을 보며 이 시국의 순간들을 간신히 버티고 있을 사람들의 심정을 어림해 본다.

이런 마음 때문에 시인 이용악을 더 소개하고 싶었는지도 모르겠다. 가난하게 태어나 평생을 가난함이라는 단어를 떨쳐내지 못한 사람. 조선, 일본, 대한민국 어디에서도 마음 편히 쉴 수 있는 안식처 하나 마련하기 힘들었던 사람. 해방 후 이념의 편 가르기 속에 고민하다 결국 소용돌이에 휘말려 버린 사람. 마음으로는 항상 더 높은 곳을 원하고 바랐을 테지만 시만큼은 자신보다 낮은 쪽에 있는 가난하고 떠도는 사람들의 편이었던 사람. 그의 시 속에 담겨 있는 여러 이야기의 자락 중에서 몇이라도 여러분의 가슴 속에 사뿐히 닿았으면 하는 마음이다.

시인의 시들을 밤새 바라보자니 이런 생각이 들고 만다. 알고리즘과 확증 편향 탓일지도 모르겠지만 복잡한 세상에서 보고 싶은 것만 보고 듣고 싶은 것만 듣고 산 건 아니었을까. 시대는 앞서 있을지 모르겠으나 세상은 변하지 않았다. 그런 현실을 제대로 응시하는 일은 분명 불편하고도 어렵다. 하지만 꿋꿋이 서서 위태롭게나마 함께 버티고 공감하는 것. 세상은 바로 이런 과정 속에서 조금씩이나마 아름다워지는 게 아닐까. 그리고 시인의 시들은 바로 그 공감의 과정에 좋은 길잡이가 되어줄 것이다. "가난한 이야기에 고이 잠거다오"라는 시인의 말처럼 이용악의 시에 침잠하는 시간이 되었으면 좋겠다.

이 책은 이용악 시를 먼저 접한 선배가 이용악 시를 접할 후배에게 이용악 시를 좀 더 쉽게 만날 수 있도록 안내하는 책이다. 우리의 청소년들이, 바삐 사는 현대인들이 이용악의 시 시계를 즐겁게 여행하면 좋겠다.

권순보, 김형훈

차례

일러두기

1. 이용악 시의 원본은 《이용악 시 전집》(윤영천 책임 편집, 문학과지성사)을 참고하였습니다.

2. 원본 중 한자는 모두 한글로 바꾸었습니다.

3. 현대어로 바꾼 것은 《이용악 시 전집》(윤영천 책임 편집, 문학과지성사)을 참고하였고, 더 바꿀 필요가 있는 것들은 선생님들과 협의하여 가장 적절한 것으로 선택하여 바꾸었습니다.

4. 원문을 현대어 표기법에 맞게 맞춤법과 띄어쓰기 등을 바꾸었고, 원문의 뉘앙스를 살려야 할 필요가 있는 시어들은 그대로 살려두고 각주를 달아 설명하였습니다.

5. 마침표나 쉼표 등은 꼭 필요한 경우가 아니면 원문과 같게 표시하였습니다.

01

이용악의 삶과 작품 세계

이용악의 삶•

• 이용악의 삶은 김재홍의 《그들의 문학과 생애, 이용악》(한길사, 2007), 김태준의 《이용악 시 연구》(문학세계사, 1991), 윤영천의 《민족시의 전진과 좌절-이용악론》(문학과지성사, 1988), 이경희의 《북방의 시인 이용악》(국학자료원, 2007)을 참고했다.

1930년대 후반 서정주, 오장환과 함께 시 삼재(三才)라 일컬어지던 이용악. 일제의 폭력적인 압제를 피해 조상 대대로 살아온 고향 땅을 버리고 만주나 시베리아로 생존을 위해 떠나야만 했던 숱한 유이민들의 삶과 그들의 비극적인 정서를 사실적으로 형상화한 시인.

가난한 밀수꾼의 아들

이용악은 1914년 11월 23일 함경북도 경성에서 한 가난한 가정의 5남 2녀 중 3남으로 태어난다. 그곳에서 부령보통학교를 졸업하고 경성농업학교에 입학, 이후 경성농업학교 4학년 재학 중 일본으로 건너가 히로시마 코분중학교 4학년으로 편입한다. 이듬해 코분중학교를 졸업한 후 니혼대학 예술과에 입학해 1년을 수료한 뒤 1936년 4월, 동경 소재의 조치대학 신문학과에 입학한다. 1939년 조치대학 3학년을 졸업하고 귀국한 것으로 알려져 있다. 실상 그의 가계나 어린 시절에 대해 자세하게 밝힌 자료는 아직

까지 없는 실정이다. 다만 이수형, 유정 등 그의 동료들로부터 나온 단편적인 술회가 약간 있을 뿐이고, 윤영천 교수의 연구 내용을 통해 몇몇 사실들을 추정해 볼 뿐이다.

그의 할아버지는 금을 얻기 위해 일찍부터 몸소 달구지에 소금을 싣고 러시아 영토를 넘나들었으며 이런 생활은 아버지 대에도 계속되었던 것으로 추정된다.

> 아버지도 어머니도 / 젊어서 한창땐 / 우라지오로 다니는 밀수꾼 // 눈보라에 숨어 국경을 넘나들 때 / 어머니의 등곬에 파묻힌 나는 / 모든 가난한 사람들의 젖먹이와 다름없이 / 얼마나 성가스런 짐짝이었을까 / (중략) // 좋은 하늘 못 보고 / 타향서 돌아가신 아버지의 이야길 하시고
>
> 〈우리의 거리〉에서

위의 시편에는 이용악의 유년 시절 삶의 풍경이 요약적으로 제시되어 있다. 누대에 걸쳐 국경을 넘나들며 밀수업을 하는 가정에서 안정된 기반 없이 생계를 이어갔다는 것, 사망 시기를 정확하게 추정할 순 없지만 그의 아버지가 일찍 객사했다는 사실도 짐작해 볼 수 있다.

그의 다른 시에서도 '아비 상실'의 모티프가 지속적으로 나타난다. 홀어머니 밑에서 자라면서 느낀 상실과 불안, 저항의식 등은

유년 시절의 정신적 상처로 남아 그의 삶과 작품에 큰 영향을 미쳤을 것으로 짐작된다.

북쪽과 두만강

누군가에게 고향은 유년 시절의 힘들었던 기억으로 남아 있는 공간일 수 있을 것이고, 누군가에게는 현실 속 고달픔을 헤쳐 나가기 위한 안정감과 영속감을 주는 공간일 수도 있을 것이다. 그것이 무엇이든 간에 시인이 태어난 고향과 그가 유년 시절을 보낸 지역을 살피는 일은 시인의 삶과 그 작품 세계를 이해하는 데 도움이 된다. 특히, 이용악의 경우 함경북도 경성의 정경과 그곳과 관련된 이야기, 가난했던 어린 시절, 두만강과 그 강을 넘나드는 무리들, 경성을 포함한 한반도 북쪽 땅의 비극적 현실 등을 소재로 작품을 창작하는 경향이 있다. 따라서 경성을 포함한 북쪽 지방에 대한 이해가 전제되어야 그의 작품을 깊이 있게 감상할 수 있다.

이용악의 고향 후배이자 시인인 유정은 경성에 대해 다음과 같이 이야기한다.

> 시가지의 남쪽 작은 평야를 냇물이 흐르고, 서남·서북에 나직한 산과 아득한 서쪽에 해발 2천 5백 미터의 관모연령이 사철 백설로 빛나고, 동으로 2킬로에 푸른 동해가 웅얼거린다. 시가지를 둘러싸

고 함경도 2백 진을 통수한 병마절도사를 두었던 치성성지가 있고, 여진을 몰아낸 윤관 장군을 기리는 원수대, 공자묘, 관해사 등 명승고적이 산재. 인구 약 2만 5천, 시가지는 성내, 남문밖, 서문거리의 3구로 형성, 성내는 특색 있는 기와집들의 구시가로 교육·문화 시설이 있고 남문 밖은 상업구이며 이 상업구를 벗어난 남쪽 끝에 용악의 집이 있었다. 성 밖 서북 변두리에 서울과 두만강 변을 잇는 함경선의 경성역이 있고…….

유정, 〈암울한 시대를 비춘 외로운 시혼 – 향토의 시인 이용악의 초상〉에서

경성은 험준한 산악의 지형과 혹독한 추위, 척박한 땅과 두만강이 함께 맞닿아 있는 국경 지역이다. 또한 러시아, 중국과 국경을 마주하고 있어 예로부터 국경을 넘나드는 사람들이 한 번씩 거쳐 가는 지역이기도 했으며, 때로는 우리의 땅이기도 했지만 오랜 시간 이민족의 땅이기도 했던 곳이다. 이런 지역을 삶의 무대로 삼고 살아가는 사람들에게 이용악의 시에서 발견할 수 있는 남성적이고 강인한 정신들, 묵묵히 고통을 감내하는 풍경들은 필연적일 수밖에 없다.

이용악의 문학 세계를 다루면서 많은 연구자가 빠짐없이 언급하는 인물이 있다. 그는 바로 파인(巴人) 김동환이다. 김동환은 이용악과 마찬가지로 경성 출신의 시인으로 당시 우리 문단에 최초의 장편 서사시인 〈국경의 밤〉(1924)으로 등장하여 커다란 충격을

준 인물로 알려져 있다.

> 이 동향 선배 시인의 문제시집이 소년 용악에게 던져준 영향은 어지간히 컸던 것 같다. 뒤에 용악 자신이 파인의 시를 읽었을 때의 감동을 이야기하던 열띤 표정이 지금도 필자에겐 생생히 살아난다.
>
> **유정, 〈암울한 시대를 비춘 외로운 시혼 – 향토의 시인 이용악의 초상〉에서**

김동환의 〈국경의 밤〉 속 주요 배경은 두만강이다. 두만강의 겨울밤을 배경으로, 밀무역에 종사하던 주인공의 남편이 죽어간다는 시의 내용은 이용악의 가정환경과 매우 흡사했을지도 모르겠다. 어찌 되었건 이 작품은 이용악에게 문학적 충격과 영향을 주었을 것으로 짐작된다. 또한 김동환이라는 시인이 당대 문단에 혜성처럼 등장한 선구적인 시인이었기에 동향의 후배이자 당시 문학 지망생이었던 이용악에게는 선망의 대상이자 또 하나의 교과서처럼 느껴졌을 것이다. 이용악 시에 많이 나타나는 '두만강을 중심으로 한 유이민의 삶' 그리고 '시를 마치 하나의 이야기로 풀어가고자 하는 서사성' 등이 김동환과 그의 작품 〈국경의 밤〉에서 비롯되었다고 추측해 볼 수 있다.

우리 민족에게 '강'이라는 존재는 참으로 다양한 의미를 가진다. 그리 크지 않은 무대를 배경으로 살아가는 우리 민족이지만, 지역마다 그곳을 대표하는 강이 있고, 그들 각각의 이름과 그 이름이 품고 있는 의미는 지역의 향토성과 자연을 대하는 우리 민족 고유의 사고방식을 보여준다. 또한 문학에서 강이라는 존재는 다양한 상징을 지닌다. 이별의 공간, 생과 사를 나누는 경계, 모든 것을 씻어 내리는 정화나 모든 것들을 품으려 하는 생명력. 때론 끊임없이 흐르고 흐르는 강의 모습에서 시간과 역사의 흐름을 찾기도 한다.

시인의 고향인 경성 가까이에 두만강이 있다. 시인은 이 두만강을 주제로 한 작품은 물론이거니와 다양한 작품 속에서 다양한 모습으로 두만강을 드러낸다.

> 아모것도 바라볼 수 없다만 / 너의 가슴은 얼었으리라 / 그러나 / 나는 안다 / 다른 한 줄 너의 흐름이 쉬지 않고 // 바로 가야 할 곳으로 흘러내리고 있음을 / (중략) // 북간도로 간다는 강원도 치와 마조 앉은 / 나는 울 줄을 몰라 외롭다

〈두만강 너 우리의 강아〉에서

한반도의 가장 북쪽을 흐르는 강. 중국의 만주와 러시아가 만나는 경계선이면서 동시에 이 땅의 유이민들이 이 땅에서 살지 못하고 만주로, 시베리아로 쫓겨 가던 원망과 희망이 얼크러지는 눈물의 강. 이러한 강을 보면서 시인은 어떤 생각을 했을까? 그는 '우리의 강'인 두만강을 향해 '나는 울 줄을 몰라 외롭다'라며 비

탄의 심정을 고백한다. 그 강을 건너가고 건너오는 사람들을 통해 시인은 두만강을 차안(此岸)과 피안(彼岸)의 경계선이자 고국과 타국을 이어주는 연결 통로로서 그려내고자 한다. 이용악은 두만강을 단순히 고향 경성의 강으로서만이 아닌 우리 민족, 더 구체적으로는 유이민들이 넘나드는 '민족의 강, 운명의 강'으로 보려 한 것이다.

〈패배자의 소원〉과 《분수령》

이용악은 22세가 되던 1935년, 일본 유학 중에 《신인문학》 3월호에 시 〈패배자의 소원〉이 실리면서 공식적으로 문단에 등장하게 된다. 그런 뒤 4월에 〈애소유언〉을 발표하고 이어서 《조선일보》에 〈임금원의 오후〉, 〈북국의 가을〉, 《조선중앙일보》에 〈오정의 시〉, 그리고 다시 《신인문학》에 〈무숙자(無宿者)〉를 발표하면서 활발하게 시작 활동을 전개한다.

그리고 1937년 5월 30일. 이용악은 일본 동경의 삼문사에서 첫 시집인 《분수령》을 발간한다. 이어 두 번째 시집인 《낡은 집》을 이듬해 11월에 발간한다.

이용악이 등단할 당시 그는 일본에서 힘들게 생활하고 있었다. 그로 인해 등단 초기의 작품들에는 이국땅에서 느낀 절망감과 고단함 그리고 외로움이 작품 전반에 짙게 배어 있다는 평가를 받는다.

실직한 '마도로스'와도 같이 / 힘없이 걸음을 멈췄다 / ─이 몸은 이역(異域)의 황혼을 등에 진 / 빨간 심장조차 빼앗긴 나어린 패배자(?)─ / (중략) / 오─ / 이 몸도 별이 되어 / 내 맘의 발자죽을 // 하이얀 대리석에 은끌로 조각하면서 / 저─하늘 끝까지 흐르고 싶어라

〈패배자의 소원〉에서

이 작품의 화자는 '이역에서 실직한 마도로스'처럼 패배 의식에 젖어 있다. 특히 '빨간 심장조차 빼앗긴 나어린 패배자'라는 진술에서 그 절망감의 깊이를 엿볼 수 있다. 하지만 스스로 패배자를 자처함으로써 비관적인 현실을 극복하고자 하는 역설적인 심경도 함께 피력한다. 패배자에게도 삶은 의미 있는 법이고, 살아 있는 한 희망은 있는 법. 그것을 '별이 되어 하늘 끝까지 흐르고 싶은' 소원으로 구체화한다. 시인은 일본 유학 시절에 느낀 패배와 좌절 의식을 출발점으로 삼아 결국에는 이를 통해서 삶의 의미와 희망을 찾아나가고 싶다는 소망을 표현하고 있는 것이다.

일본 유학을 전후하여 이용악과 문학적 영향을 주고받은 또 다른 인물로 김종한을 들 수 있다. 김종한 역시 함경북도 명천 출신으로 이용악과는 동향이면서 또래였다. 그는 일본 유학 시절 이용악과 함께 《이인(二人)》이라는 동인지를 대여섯 차례 간행한 것으로 알려져 있다. 그 역시 《조선일보》 신춘문예에 〈낡은 우물이

있는 풍경〉이라는 작품으로 1937년에 등단한다. 시적인 경향의 차이는 극명하지만 어쨌든 두 사람은 동향으로서 함께 객지 생활의 어려움을 나누고 서로에게 위로가 되는 존재였을 터이다. 특히 두 사람 모두 글 쓸 집이나 책상 하나 없이 말이 좋아 유학이지 사실상 학비를 벌기 위해 생계와 학업, 문학 활동을 병행하는 형편이었으므로 그만큼 서로 간에 영향을 깊게 주고 받을 수밖에 없었을 것이다.

이용악의 첫 시집 《분수령》에는 〈북쪽〉을 비롯한 〈풀벌레 소리 가득 차 있었다〉, 〈나를 만나거든〉 등 모두 스무 편의 시가 수록되어 있다. 이 시집에는 이규원의 〈서(序)〉와 시인 자신의 '꼬리말'이 함께 있어 첫 시집이 나올 무렵 시인의 처지와 삶의 모습이 잘 나타나 있다.

> 나는 이 군의 생활을 너무나 잘 알 수 있었다. 이 군은 추움과 주림과 싸우면서 — 그는 아귀(餓鬼)를 피하려고 애쓰면서도 그것 때문에 울지 않는다. 그는 항상 고독에 잠겨 있으면서도 미워하지 않는다. 여기 이 시인의 초연성이 있다. 힘이 있다.
>
> **이규원, 《분수령》 서(序)에서**

처음에 이 시집 《분수령》은 미발표 시고(詩稿)에서 50편을 골라 엮었던 것인데, 그것이 뜻대로 되지 못했고, 여러 달 지난 지금 처음의 절반도 못 되는 20편만을 겨우 실어 세상에 보낸다. 그 이면에는 딱한 사정이 숨어 있다.
그렇게 되고 보니 기어코 넣고 싶던 작품의 대부분이 매장되었다. 유감이 아닐 수 없다.
하여튼 이 조고마한 시집으로 지나간 10년을 씨원히 청산해버리고 나는 다시 출발하겠다.

이용악, 《분수령》 꼬리말에서

모종의 이유로 그간의 작품들을 다 수록하지는 못하지만 지난 10년의 시간을 청산하며 새롭게 출발하려는 시인의 의지가 드러나 있다. 또한 일본 유학 시절 시인의 생활이 무척이나 빈곤하고 고독했지만, 그 빈곤과 고독에 지배되지 않으려 했던 노력이 엿보이기도 한다. 이 시기 이용악은 공사판, 부두 노동 등에 시달리면서 밤에는 대학에서 공부하는 이른바 주경야독의 생활을 했던 것으로 전해진다.

특히, 고국이 아닌 타지에서의 가난하고 빈곤한 생활, 여기서 비롯된 박탈과 결여는 시인에게 가난과 빈곤의 문제를 개인적이고 가족사적인 차원을 뛰어넘어 당대 조국의 현실문제로 바라볼 수 있게 해준 듯하다. 개인적인 비탄과 방황 의식이 사회·역사적 현실을 발견함으로써 보편성을 획득하게 되었고, 그것이 바로 조국 민중들의 삶과 수난의 역사에 대한 응시로 나타났다고 볼 수 있을 것이다.

이러한 인식의 각성을 잘 보여주는 작품이 바로 시집 《분수령》의 대표작인 〈북쪽〉이라고 할 수 있다. 또한 《분수령》은 그 제목이 의미하는 것처럼 시인으로 하여금 이후 전개될 시작 활동의 새로운 출발을 다짐하게 한 것으로 보인다. 시 〈북쪽〉에 대한 설명은 구체적인 작품 해설에서 자세히 살펴보겠다.

뒤이어 발간된 시집 《낡은 집》에서는 당대 현실의 궁핍한 상황을 보다 적나라하게 그리면서도 어쩔 수 없이 정든 고향인 이 땅을 떠나고 마는 민중의 고통스러운 삶을 형상화한다. 이 시집을 통해 비로소 시인은 그의 작품들을 일제강점기 민족 문학의 중심부로 옮겨놓았으며, 당대 우리 민족이 처한 궁핍상과 유이민의 문제를 정면으로 다룰 수 있게 되었다는 평가를 받는다. 이 시집은 〈검은 구름이 모여든다〉에서 시작되어 표제시 〈낡은 집〉과 함께 모두 15편의 시, 그리고 시인의 꼬리말과 안함광의 '〈낡은 집〉의 평'이 수록되어 있다.

네 슬픔을 깨닫기도 전에 흙으로 갔다 / 별이 뒤를 따르지 않아 슬프고나 / 그러나 숙아 / 항구에서 피 말러 간다는 / 어미 소식을 모르고 갔음이 좋다 / 아편에 부어 온 애비 얼굴을 / 보지 않고 갔음이 다행ㅎ다

〈검은 구름이 모여든다〉에서

삼촌인 화자가 조카 숙이의 무덤에서 숙이와 대화 혹은 독백을 하는 형식으로 쓴 작품이다. 화자는 죽은 조카의 무덤 앞에서 '어미 소식'과 '애비 얼골'을 보지 않고 죽었음이 다행이라 말하며 스스로를 위로한다. 어린 조카가 자신의 슬픔을 깨닫기 전에 흙으로 간 것이 오히려 다행이라는 화자의 말은 결코 다행일 수 없는 어린 생명의 죽음, 가족의 파멸처럼 절대로 다행일 수 없는 비극적인 상황에 대한 반어적 표현이다. 이는 당시 민중의 삶이 그만큼 비극적이었다는 것을, 또 절대로 정상적일 수 없다는 것을 보여준다. 이 시집의 대표작이라 할 수 있는 〈낡은 집〉에 대해서는 후에 설명하기로 한다.

해방과 《오랑캐꽃》

이용악은 1939년 조치대를 졸업하고 귀국한다. 그 뒤 《인문평론》을 펴낸 서울 인문사(人文社)에 편집기자로 입사한다. 이후에 전개되는 시인의 삶에 대해서는 조심스러운 접근이 필요하다. 작품의 탁월성과 작가 개인의 정치적 성향은 엄연히 구별되어야 할 문제이긴 하지만, 우리 민족의 비극적인 근현대사 앞에서 그 문제와 관련해 자유로운 사람은 없을 것이기 때문이다.

최재서가 주간한 《인문평론》은 당시 서구의 문학비평 이론을 도입하고 소개함으로써 새로운 문학비평을 모색했다는 의의는 있지만, 창간 당시부터 일제의 침략 정책에 적극 호응하였으며 그 논리를 합리화하는 데 앞장선 문예 잡지임이 틀림없다. 또한 《인문평론》의 뒤를 이은 어용 잡지인 《국민문학》에 실린 〈길〉(1942)이라는 작품과 《조광》에 발표한 〈눈 나리는 거리에서〉와 같은 작품들은 친일 문제와 관련해 논란의 여지가 있는 작품들이다. 혹자는 이용악이 동시대의 많은 문인들이 범한 것처럼 명시적으로 친일적 언사가 담긴 시편을 발표한 적이 없다고 주장하기도 한다. 구설수에 오른 몇몇 작품들을 살펴봤을 때, 〈불〉이라는 시는 그저 화자의 내면세계를 다룬 작품이라는 의견도 있고, 〈길〉이라는 작품도 아내의 출산을 기다리는 젊은 아비의 심정을 토로한 생활시라는 의견이 바로 그러하다. 하지만 친일에 기울어 있던 최재서의 《인문평론》에서 편집기자로 근무한 사실이라든지, 친일지 《대동아》에 산문을 쓴 사실 등을 통해 볼 때, 비록 그것이 생활의 방편이든 어쩔 수 없는 선택이든 혹은 일시적인 판단 착오라 하더라도 친일을 부정할 수는 없다는 의견도 분명히 존재한다.

어찌 되었건 1942년 그는 악화되는 정세 속에서 고향 경성으로 낙향하였고, 일본어 신문인 청진일보사에 약 3개월 근무하다 나온 후 경성군 주을읍사무소 서기로 약 1년간 근무한다. 이 당시 시집 《오랑캐꽃》을 출간하고자 하였으나 뜻을 이루지 못했을 뿐만 아니라 1943년 봄에 모 사건에 얽혀 원고를 모조리 함경북도 경찰에 빼앗기게 된다. 이때 일본 경찰의 감시 대상이 되어 여덟

번 경찰에 붙들리고 고문을 받은 것으로 기록되어 있다. 이후 완전히 붓을 꺾고 칩거하게 된다.

1945년 해방과 함께 바로 상경하여 8월 16일에 창립된 '조선문학건설본부'에 가입하고 1946년에는 '조선문학가동맹'에 참여하여 활약한다. 서울에서는 중앙신문, 문화일보, 농림신문 등의 신문사에서 편집국장, 기자 등으로 활동하다 34세가 된 1947년 4월 20일 서울 아문각에서 세 번째 시집인 《오랑캐꽃》을 발간한다. 그로부터 약 2년 뒤인 1949년 1월 25일에는 동지사에서 네 번째 시집인 《현대시인전집 1 - 이용악집》(통칭 《이용악집》)을 발간한다.

《오랑캐꽃》에는 표제시인 〈오랑캐꽃〉을 비롯하여 일제강점하에서 마지막으로 발표한 시인 〈구슬〉(《춘추》, 1942년 6월호)을 포함하고 있으며, 이 외에도 연작시 〈두메산골〉, 〈바람 속에서〉, 〈전라도 가시내〉 등 일제강점기에 쓴 시들이 집중적으로 수록되어 있다.

> 1942년이라면 붓을 꺾고 시골로 내려가던 해인데, 서울을 떠나기 전에 시집 《오랑캐꽃》을 내놓고자 했으나 뜻을 이루지 못했을 뿐 아니라, 그 이듬해 봄엔 사건이 얽혀 원고를 모조리 함경북도 경찰부에 빼앗기고 말았다.
> 8·15 이후 이 시집을 다시 엮기에 1년이 더 되는 세월을 보내고도 몇 편의 작품을 끝끝내 찾아낼 길이 없어 여기 넣지 못함이 서운하

나, 우선 모여진 대로 내놓기로 한다.

〈오랑캐꽃을 내놓으며〉에서

해방 후에 간행된 시집이지만, 그동안 발표된 것들을 중심으로 버리기 아까운 작품들을 대부분 추린 것으로 짐작된다. 앞서 이야기한 것처럼 이는 시인 자신의 지난날에 대한 또 한 번의 정리이자 새 출발을 위한 디딤돌로서의 의미를 지니기도 한다. 이 시집의 표제시인 〈오랑캐꽃〉은 작품 설명에서 살펴볼 것이다.

월북과 그 이후의 삶

1949년 8월경 이용악은 남로당의 핵심 조직원으로서 선전 및 선동 활동에 비밀리 종사하다 체포되고, 이에 1950년 2월 6일 서울지방법원에서 '남로당 서울시 문화예술사건'으로 징역 10년을 선고받는다. 이후 서대문형무소에서 복역하던 중 6·25 전쟁이 발발했고, 6월 28일 북한군이 서울을 점령하게 되면서 월북한 것으로 알려져 있다.

1957년 12월 30일에 북한 조선작가동맹출판사에서 그의 다섯째 시집인 《리용악 시선집》이 간행된다. 여기에는 《분수령》, 《오랑캐꽃》 속 작품들을 포함해 해방 전에 발표한 31편의 시, 그리고 해방 후 서울에서 쓴 7편의 시가 포함되어 있으며, 6·25 전쟁 시기에 쓴 6편의 시와 정전 후 1957년까지 북한 건설기에 쓴 8편의 시, 그리고 연작시 〈평남관계시초〉(10부작)가 수록되어 있는 것으로 알려져 있다. 1963년엔 김상훈과 공동으로 조선문학예술총동맹 출판사에서 역대 한시, 풍요•, 악부시(한시의 한 종류) 번역집인 《풍요선집》을 출간한다. 1971년 2월 15일 화가인 아들에게 "조국통일은 곧 우리 문학이 하나가 되는 그날"이라는 유언을 남기고 58세의 나이에 지병인 폐병으로 숨을 거둔 것으로 전해진다.

이용악의 삶과 문학은 일제강점기와 해방 그리고 분단 시기를 거치면서 현대사에서 가장 궁핍하고 험난한 시기를 겪었다. 북에서의 20여 년간의 활동을 제외한다면, 그의 문학 활동은 제1시집인 《분수령》에서부터 제3시집인 《오랑캐꽃》이 발표되는 약 10여 년간 집중적으로 이루어졌다고 할 수 있다. 그리고 그것은 일제강점기, 이 땅에서 일어난 수난의 역사와 그곳의 헐벗은 민중들의 삶에 집중되어 있다고 해도 과언이 아닐 것이다.

한반도 가장 북쪽의 국경 마을 두만강가에서 밀수업을 하던 집안의 아들로 태어나 일찍이 아버지를 여의고 홀어머니 밑에서 삶을 헤쳐 나가는 일은 여간 서러운 일이 아니었을 것이다. 더구나 일본 유학 시절의 가혹한 노동과 굶주림과 가난의 경험은 그로 하여금 비관적인 현실 인식이라는 세계관을 형성해 주었을 것이다. 하지만 개인적인 비관을 극복하고, 우리 민족이 처한 현실적

• 본래 신라 시대에 향가의 제목으로 쓰인 말이었으나, 18세기 이후 서민 출신의 시인들이 낸 작품집을 이르는 말로 사용되기 시작했다.

인 문제, 일제의 수탈로 인한 농촌 해체 현상과 그로 인한 유이민의 문제를 직시하였으며 그러한 사실을 당당하게 형상화함으로써 일제강점기 민족 문학이 나아가야 할 방향을 제시했다는 점은 대단히 소중한 업적이 아닐 수 없다.

이용악의 작품 세계

이용악이 작품 활동을 시작한 1930년대는 한국 문학에 있어서 불행과 행운이 공존하는 시기였다. 문화정치에서 무단정치로 방향을 바꾼 데에 따른 일제의 사상 통제와 민족정신 말살 정책, 엄격한 출판 통제와 검열, 카프(KAPF)의 해산과 같은 불행한 사건들은 우리 문인들이 하루도 맘 편히 문학 활동을 할 수 없게 만들었다. 반면 이토록 침체된 분위기 속에서도 '구인회'를 중심으로 한 모더니즘 문학은 많은 성과를 이루어냈으며, 그 덕분에 우리가 지금 접하는 현대시의 모습과 기틀이 갖추어질 수 있었다. 또한 문학사에 이름을 남긴 뛰어난 시인들이 바로 이 시대에 등장했다.

이용악 역시 이때부터 극도로 혼란스러운 해방 이후의 상황을 아우르며 경성, 일본, 서울 일대를 배경으로 자신만의 작품 세계를 구축해 간다. 그 결과물이 시집 《분수령》, 《낡은 집》, 《오랑캐꽃》, 《이용악집》이며 그 속에는 시인이 보고 듣고 느낀 많은 것들이 담겨 있다. 여기서는 가난과 변방 의식, 모더니즘 계열의 시,

리얼리즘 계열의 시라는 세 가지 키워드를 중심으로 시인의 시 세계를 간략히 살펴보려 한다.

덧붙이자면 시인이 자진 월북한 1950년 이후의 삶과 작품들에 대해서는 언급하지 않으려 한다. 그의 저작이 해금된 때가 1988년이라, 시인에 대한 연구 기간이 짧다는 게 첫 번째 이유이다. 또 다른 이유는 북한에서 발표된 작품들은 특성상 체제 응원가에 머무를 수밖에 없다고 판단했기 때문이다. 이 부분은 추후 많은 연구가 이루어질 것으로 생각한다.

가난과 변방 의식

앞서 시인의 삶에서 살펴본 것처럼 시인과 가난은 떼려야 뗄 수 없는 관계이다. 태어남은 내가 정할 수 없는 운명이건만 가난하게 태어난다는 것은 곧 신분이 되고 계급이 된다. 그렇게 한평생을 저주처럼 따라다니는 이 가난이 시인에게 끼친 영향은 엄청났다. 가난한 삶은 시인의 시 곳곳에 등장한다.

기름기 없는 살림을 보지만 말어도
토실토실 살이 찔 것 같다
뼉다구만 남은 마을……
여기서 생활은 가장 평범한 인습이었다

〈도망하는 밤〉에서

뼈다귀만 남아 있는 마을이라는 표현처럼 당장의 생존을 걱정해야 하는 사람들에게 희망이 있을 리 만무하다. 그 속에서 태어나 자라면서 시인 역시 얼마나 많은 굶주림과 치욕을 삼켜야 했을까. 그렇게 도망치듯이 고향을 떠나 유학길에 올랐지만 가난은 쉽게 그를 놓아주지 않는다. 그리고 유학을 마치고 돌아와서도 이런 삶은 쉬이 변하지 않았던 것으로 보인다. 하긴 쉽게 극복될 것 같으면 그게 가난이겠는가. 시인 서정주가 남긴 기록에서도 서울에서의 그의 삶을 엿볼 수 있다.

> 북의 문인 중에 생각나는 또 한 사람은 함북 경성인 이용악이다. 파인 김동환과 동향이며 집이 가난하여 고학으로 일본 상지대 신문학과를 졸업했다. (중략) 취직해서 고생을 면하는가 여겨졌으나 그게 아니었다. 자기 동생이 고보에 다니고 있던 때라 월급을 받아도 동생 뒷바라지하기에 바빴다. 서울에서 집도 없이 살면서 이집 저집 옮겨 다니며 잠을 잤다. 어느 때는 파고다 공원 벤치에서 밤을 지새기도 했다.

〈광복 직후의 문단〉(조선일보, 1985년 8월 25일자)에서

극복할 수 없는 가난은 시인의 마음에 많은 상처를 주었을 것이다. 다만 그 상처는 같은 상처를 가진 사람들을 쉽게 알아보고 공감할 수 있게 해주지 않았을까? 그의 시에 그와 같은 처지이거나 더 비참한 상황의 사람들이 많이 등장하는 것도 그러한 까닭일 것이다. 그렇게 그는 가난한 자신의 삶과 주변 사람들의 삶을 노래하면서 시인이 되었고 시인으로 살아갔다. 이념의 잣대로 그를 편 가르기 이전에 가난한 사람의 편으로 그를 세워두는 것은 어떨까.

가난과 함께 그의 고향인 함경북도 경성의 지리적인 특성들도 시인의 삶을 힘들게 했던 것으로 보인다. 중국과 러시아의 국경과 가까운 변방의 삶은 따뜻하고 정적인 삶과는 거리가 멀었으리라. 동향 출신인 시인 이수형이 《이용악집》에 남긴 〈용악과 용악의 예술에 대하여〉의 구절을 살펴보자.

> 행인지 불행인지 젖먹이 때 우리는 방랑하는 아비어미의 등곬에서 시달리며 무서운 국경 너머 우라지오 바다며 아라사 벌판을 달리는 이즈보즈의 마차에, 트로이카에 흔들리어서 갔던 일이며 (중략) 날더러 간디를 그려달라고 해서 그것을 바람벽에 붙여놓고 그 앞에서 침울한 표정을 해가며 글 쓰던 용악 소년의 얼굴이 지금도 눈에 선하다.

국경을 넘나들며 밀무역으로 생계를 유지하는 일 그 자체가 이미 위험한데 젖먹이 아기와 함께 그 풍파를 헤쳐 나가는 삶은 오죽했을까. 그런 부모와 친지들의 삶을 지켜보며 침울한 표정으로 글을 쓰던 어린 시인은 무슨 생각을 했을까. 자신이 크면 이런 고향에서 하루라도 빨리 탈출하고 싶지 않았을까. 당시 조선총독부의 조사에 따르면 1921년 말 러시아령으로 이주한 한인의 수는 94,554명인 것으로 나온다. W. 코라드즈에 의하면 그 수는 1927년에 17만 명, 비공식적으로는 적어도 25만 명은 되었을 것으로 추정된다. 비슷한 처지의 수많은 사람들이 국경 너머로 좀 더 나은 삶을 찾아 나서는 모습을 보며 시인이 고향을 떠나게 된 것은 어쩌면 지극히 자연스러운 일일지도 모르겠다.

문제는 그렇게 떠나 도착한 타지도 평온한 삶을 쉽게 허락하지 않았다는 점이다. 이미 터전을 일군 현지인들의 입장에서 외지인의 존재가 반가울 리 없다. 게다가 가난하기까지 한 이방인의 삶은 무시당하기 더 쉬웠을 것이다. 일본 땅에서도 가난한 조선인 유학생이 받았을 치욕은 더 컸을 것이다.

고향에서 벗어나고 싶어 떠났지만 위로받을 곳이라고는 하나도 찾지 못한 삶. 그래서일까. 시인의 삶은 이향(離鄕)과 귀향(歸鄕)을 반복하면서 경성, 도쿄, 서울 어디에서도 제대로 뿌리내릴 곳을 찾지 못한다.

연달린 산과 산 사이
너를 남기고 온
작은 마을에도 복된 눈 내리는가

잉큇병 얼어드는 이러한 밤에
어쩌자고 잠을 깨어
그리운 곳 차마 그리운 곳

〈그리움〉에서

어쩌자고 자꾸만 그리워지는
당신네들을 깨끗이 잊어버리고자
북에서도 북쪽
그렇습니다 머나먼 곳으로 와버린 것인데
산굽이 돌아 돌아 막차 갈 때마다
먼지와 함께 들이키기엔
너무나 너무나 차거운 유리 잔

〈막차 갈 때마다 – 북방시초 1〉 전문

〈그리움〉에서 고향을 그리워한 시인은 〈막차 갈 때마다〉에서는 어느새 서울을 그리워하는 이중적인 모습을 보인다. 변방의 가난한 노동자 계급 출신이라는 정체성과 일본 유학까지 마친 근대 지식인의 모습 모두를 가진 시인에게 이는 어쩌면 당연한 일일지도 모르겠다. 어떻든 끊임없이 중심을 탐하면서도 이방인으로밖에 머물 수 없었던 시인은 어느 곳에서도 본인이 원하는 평안을 찾지 못했던 것으로 보인다. 그 대신 방황의 과정에서 자신의 처지와 비슷한 사람들의 이야기를 시로 쓰게 되는 운명을 얻게 된 것은 아니었을까.

모더니즘 계열의 시

이용악과 그의 시를 교과서나 문제집에서만 접해보았다면 그와 모더니즘을 연결하기는 쉽지 않을 것이다. 시인의 대표작들이 이미 뛰어난 리얼리즘 시들로 평가받기도 하고, 모더니즘적 성향이 드러난 그의 시를 쉽게 접하기 어렵기 때문이기도 하다. 그러나 이용악의 시 창작의 원점은 모더니즘에 훨씬 더 가까웠다. 아마 당시 카프의 해산으로 프로 문학이 위축되고 그 자리를 차지한 모더니즘과 김광균, 김기림, 정지용, 이상 등 동료 문인들의 영향을 많이 받지 않았을까. 시 창작에 대한 철학적인 접근이 여의치 않은 혼란한 시대상도 한몫했을 것이다. 그의 초기작들을 살펴보자.

나는 두 손을 합쳐 쥐고
발광(發光)한 천문학자(天文學者)처럼
밤하늘을
오래— 오래 치어다본다

파—란 별들의

아름다운 코―라스!
우주(宇宙)의 질서(秩序)를
모기 소리보다도 더 가늘게 속삭인다

〈패배자의 소원〉에서

정향(定向) 없는 무숙(無宿)의 보조(步調)―
사형죄수(死刑罪囚)의 눈알같이
흐밋한 가로등(街路燈) 밑을 비틀비틀 거나린다
그래도 빛을 따라간다
새 힘을 얻으려―

〈무숙자〉에서

한자어의 빈번한 사용, 주관적이고 감상적인 정서 표현들, 표면적인 기교에 공들이는 모습은 당시 유행하던 모더니즘 작풍과 비슷하다.

식민지의 소시민적 지식인의 위치에서 어디로도 움직이지 못하고 있는 이러한 모습들은 당시 우리 민족이 겪는 현실과는 거리가 멀었고 자연스레 지적 엘리트주의나 사회와 단절된 고립주의와 같은 평가를 받을 수밖에 없었다. 시인 자신의 출신과는 영 다른 성향의 작품들이 마음에 들지 않았던 것일까. 아니면 "시인(이용악)의 작품은 현실 그 자체에 대한 인식을 소박한 생활의 언어로 형상화하는 대신 현란한 기교에 치중한다."•라는 임화의 애정 어린 비판과 사람들의 평가 때문이었을까. 시인은 그의 첫 시집 《분수령》에 이런 초기작들은 싣지 않기로 한다. 또한 꼬리말에 나오듯 이 시집으로 지나간 10년을 시원히 청산해 버리고 다시 출발하겠다는 의지를 보여준다. 물론 그 이후 잠시 상황이 안정되자 다시 감상에 치우치거나 기교에 집중하는 작품들을 보여주기도 하지만 대체적으로 시인 스스로 내린 자신의 초기작들에 대한 평가는 그리 후하지 않았던 것 같다.

누구도 행복하거나 아름다운 경험만 하면서 살아갈 수는 없다. 때로는 힘들고 괴로운 순간들이 나를 더 성장시키고 성숙한 인간으로 만들어주기도 한다. 그런 차원에서 시인의 모더니즘 계열의 작품들을 부정적으로만 바라볼 필요는 없을 듯하다. 모더니즘적 기법에 대한 관심이나 다양한 기교적 표현들은 시인으로 하여금 더 세련되고 풍부한 작품 활동을 가능하게 했고, 유학 시절 피부로 경험한 소시민적 생활은 그가 현실의 문제를 더 깊고 넓게 인식하는 데 도움을 주었다. 이렇게 시인은 자신의 모더니즘 계열의 작품들을 자양분 삼아 한 단계 더 높은 성취(리얼리즘)를 향해 끊임없이 노력해 나간 게 아닐까.

• 임화, 〈시와 현실과의 교섭〉, 《인문평론》, 1940. 5.

리얼리즘 계열의 시

초기 습작 시절의 시와는 달리 시인의 첫 시집 《분수령》에 실린 작품들은 그의 시들이 리얼리즘의 성격을 띠게 되었음을 잘 보여준다. 정확히 어떤 이유에서인지는 알 수 없지만 모더니즘의 색채가 짙은 작품들이 시집에 실리지 않았다는 것도 이를 뒷받침한다. 아마 자신이 쓴 초기의 작품들을 보며 자신의 삶이나 계층과는 잘 어울리지 않는다고 생각했거나 진솔한 이야기가 아닌 것 같다는 느낌을 받은 게 아닐까.

카프(KAPF)의 해체도 그에게 큰 영향을 주었을 것이다. 한국 문학의 리얼리즘에 큰 획을 그은 카프가 1935년 일제에 의해 해체되는 모습은 많은 문인들에게 충격과 공포를 안겨주었다. 대부분이 그랬던 것처럼 전향이라는 비교적 쉬운 길을 택할 수도 있었겠지만 누군가는 카프가 지키고자 했던 뜻을 어떻게든 이어가야 한다고 생각한 게 아닐까? 물론 시인이 카프와 긴밀하게 연관되어 있다거나 그러한 뜻을 품었음을 스스로 밝힌 것은 아니다. 다만 시인의 작품들이 한국 문학의 리얼리즘을 한 단계 더 발전시키고 풍부하게 만들었다는 점을 통해 추측해 볼 뿐이다.

《분수령》에는 시인이 직접 경험한 현실의 모습들이 많이 담겨 있다. 그는 자신의 유년 시절의 모습이나 유학 시절의 모습, 가족의 삶과 죽음 같은 개인적인 체험을 탁월한 솜씨로 형상화한다. 물론 이러한 모습들이 식민지 현실의 전체적인 모습을 조망하기보다는 한 개인의 비극적인 체험을 서술하는 것에 그친다는 점은 한계로 인식되기도 한다. 그러나 이는 시인 스스로 자신의 삶을 돌아보면서 현실을 객관적으로 바라보고 당시 생활상을 현실감 있게 그려내기 위한 과정, 다시 말해 그만의 시 세계가 확립되어 가는 과정으로 볼 수 있다.

이 책에서는 〈북쪽〉, 〈나를 만나거든〉, 〈풀벌레 소리 가득 차 있었다〉, 〈동면하는 곤충의 노래〉, 〈만추〉, 〈항구〉처럼 첫 시집의 작품들을 주로 실어두었다. 원하는 만큼 앞뒤를 넘나들며 더 풍부한 감상이 되었으면 하는 바람이다.

1년 뒤 발표한 두 번째 시집 《낡은 집》에서 시인은 더 성숙해진 시들을 보여준다. 자신의 이야기에서 민족 전체의 이야기로 세계를 확장해 시를 풀어간다. 또한 시적 대상도 현실에서 괴리되지 않고 현실 자체의 모습을 충실하게 형상화하게 되었다. 시대의 단편적인 모습들을 통해 그 배후에 감춰진 객관적 본질을 형상화해 내는 것이 리얼리즘 문학의 핵심이자 목표라고 본다면 시인의 작품들은 이를 충실히 구현해 내고 있는 것이다.

비록 당대 현실의 문제에 대해 마땅한 해결 방안을 제시하지 못한다는 비판도 분명 존재하지만, 일제의 폭력적인 총칼 앞에서 민족을 위해 움직일 수 있는 모든 길이 차단된 30년대 후반의 식민지 상황을 고려한다면 이 또한 당시 현실의 모습을 형상화하고 있다고 볼 수 있을 것이다. "만주·시베리아 유이민의 '침울하고 패배적인 생활사'를 형상화하는 데 있어서는 동시대의 어느 시인보다도 탁월한 역량을 발휘하였다."•라는 최재서의 평가처럼 자신만의 색을 선명하게 나타내기 시작한 것이다.

또한 '단편 서사시'의 측면에서도 시인은 한 단계 더 발전한 모습을 보여준다. 김기진이 임화의 시 〈우리 오빠와 화로〉를 논하면서 명명한 이 개념은 일종의 '이야기 시'라고 할 수 있다. 프로문학의 대중성을 확보하기 위해 도입된 이 개념은 일반 독자들이 시를 좀 더 쉽게 접근할 수 있게 해준다는 점에서 찬사를 받았으나, 화자가 세계관이나 가치 지향을 구호를 외치듯 직접 전달하는 수준에 머무르면서 감동이 과장되거나 값싼 감상주의로 흐른다는 비판을 면하지 못한다.

이용악은 이러한 단점을 자신만의 방법으로 극복한다. 화자나 다른 등장인물의 입을 통해 나타나는 서사적 구조는 삶의 원형적 단위인 가족의 이야기나 다수가 공감할 수 있는 현실의 문제들을 주로 다루었으며, 과도한 감상주의로 빠지는 것을 막기 위해 직접적인 감정의 표현을 다른 시적 매개물들을 통해 철저히 단속했다. 감정 표현이 없다고 느껴지거나 과장 없이 담담하게 서술되는 부분들은 오히려 당시 유이민들의 비극적인 모습을 더욱 핍진하게 보여주었고, 서사성과 서정성이 절묘하게 균형을 이루는 시

• 최재서, 〈시와 도덕의 생활〉, 《문학과 지성》, 인문사, 1938.

인만의 작품들을 탄생시켰다. 이 책에서는 〈두만강 너 우리의 강아〉, 〈우라지오 가까운 항구에서〉, 〈낡은 집〉을 참고하면 도움이 될 것이다.

이후 발표한 시집 《오랑캐꽃》과 《이용악집》에서도 시인은 현실의 다양한 모습들을 끊임없이 형상화해 내는 작품들을 선보인다. 뒤에 실린 〈오랑캐꽃〉, 〈달 있는 제사〉와 〈다리 위에서〉, 〈전라도 가시내〉를 참고하면 그의 시 세계가 단단해져 있음을 충분히 알 수 있을 것이다.

하지만 한층 더 억압적이고 혼란스러워진 시대의 흐름은 시인의 삶을 가만히 놔두지 않았다. 일제의 검열이나 압박에 의해 그의 시는 점차 소극적이고 내성적이며 자기 연민적 성격을 띠다가 급기야는 친일의 성격까지 나타내게 된다. 물론 자신이나 가족의 목숨이 위협받는 상황에서조차 민족에 대한 신념을 지킨다는 것은 어려운 일일 테지만 그의 작품들이 변하는 모습을 지켜보는 일은 안타깝기 그지없다.

이런 자신의 삶에 대한 후회나 반성의 마음이 컸던 것일까. 해방 후 서울에 돌아온 시인의 작품들은 다시 급격히 변화하기 시작한다. 1946년 2월 전조선문학자대회를 겪으며 그의 시는 현실의 문제를 이야기하는 데 그치지 않고, 현실 속에 뛰어들어 모순을 극복하기 위해 투쟁하는 주체들의 모습을 담기 시작한다. 시의 진술 방식도 급박해지고 어조나 리듬도 거칠고 격렬해져 마치 카프 작가들의 작품을 보는 것 같은 느낌이 들기도 한다.

며칠째이냐 농성한 기관구 테두리를 지키고 선 전사들이어 불 꺼진 기관차를 끼고 옳소 옳소 외치며 박수하는 똑같이 기름 배인 손들이어 교대 시간이 오면 두 눈 부릅뜨고 일선으로 나아갈 전사 함마며 피켈•을 탄탄히 쥔 채 철길을 베고 곤히 잠든 동무들이어

핏발이 섰다 집마다 지붕 위 저리 산마다 산머리 우에 억울한 모든 사람들이 우리의 승리를 약속하는 핏발이 섰다

〈기관구에서〉에서

1946년 9월 철도 파업을 소재로 한 이 시에는 '남조선 철도파업단에 드리는 노래'라는 부제가 붙어 있다. 시의 주체가 투쟁하는 민중의 모습으로 드러나 있으며 투쟁의 모습과 실천의 의지가 시에 전면적으로 등장한다. 해방 후 정치적으로는 혼란스러운 시기였지만 그 안에서의 민중들의 역할과 힘에 대해 시인은 작게나마 희망을 발견한 게 아니었을까. 물론 그의 앞선 시들에 비해 서정성이나 예술성은 좀 떨어질지 모르겠지만 현실의 문제를 충실히 반영하고 있다는 점에서 이 시기의 시들을 리얼리즘 문학의

• 등산 용구의 하나로 머리 부분에 도끼 모양의 쇠붙이가 붙어 있는 지팡이.

범주에 함께 넣는 것은 당연한 일일 것이다.

얼마 지나지 않아 6·25 전쟁의 소용돌이와 함께 시인은 우리 문학사에서 한동안 사라지게 된다. 역사에 '만약'이라는 말만큼 의미 없는 말은 없다지만, 만약 이용악 시인이 월북하지 않고 우리 땅에서 계속 창작 활동을 이어나갔으면 어땠을까 하는 상상을 해본다.

02

키워드로 읽는 이용악 시

북쪽

나를 만나거든

풀벌레 소리 가득 차 있었다

동면하는 곤충의 노래

만추

항구

두만강 너 우리의 강아

우라지오 가까운 항구에서

낡은 집

오랑캐꽃

달 있는 제사, 다리 위에서

전라도 가시내

두메산골 1, 2, 3, 4

하나씩의 별

그리움

하늘만 곱구나

북쪽

북쪽은 고향
그 북쪽은 여인이 팔려 간 나라
머언 산맥에 바람이 얼어붙을 때
다시 풀릴 때
시름 많은 북쪽 하늘에
마음은 눈감을 줄 모르다

북쪽은 고향

이 시는 시인이 일본 유학 시절 발표한 시집 《분수령》에 들어 있는 작품이다. 그러니 화자의 현재 위치는 일본으로, 북쪽은 시인의 고향인 함경북도 경성으로 보는 것이 일반적이다. 그 의미를 좀 더 확장하자면 일본이라는 타국에서 유학 생활을 하던 시인에게 고향이란 단순히 나고 자란 추억의 공간이라기보다 자신의 기원 그리고 민족적 정체성과 직접적으로 연결되는 고국으로 받아들여졌을 가능성이 크다.

그 북쪽은 여인이 팔려 간 나라

시인의 고향인 함경북도 경성의 위치가 이 구절에 너무도 잘 들어맞는다. 고향이 서울인 사람의 북쪽은 서울 이북 어디쯤이 되므로 서울이라는 공간은 특별히 어떤 경계의 의미를 담기에는 애매하다. 그러나 시인의 고향은 우리나라의 북단이고 현재 중국과 러시아와의 국경에 인접한 지역이다. 강 하나를 사이에 두고 다른 민족과 살아가야 하는 삶은 이 구절처럼 여인이 팔려 가는 모습을 빈번하게 목격하는 상황의 연속이었을 것이다. 게다가 팔려 가는 것이 물건이 아니라 여인이라니……. 자신의 의지와 상관없이 끌려 가는 여인들의 모습과 이야기들이 눈앞에 펼쳐지는 듯하다.

바람이 얼어붙을 때 다시 풀릴 때

바람이 얼고 풀리는 과정은 시간의 흐름을 느끼게 한다. 이 흐름이 바로 윗행의 팔려 간 여인들의 이야기와 맞물리면서 우리가 알고 있는 무수히 많은 역사적 이야기들을 끄집어낸다. 가까운 조선 시대라면 병자호란과 관련된 환향녀(조선시대 임진왜란과 병자호란 이후 절개를 잃고 고향으로 돌아온 여성)의 이야기나, 곧 벌어질 위안부의 이야기가 딱 맞는 퍼즐 조각처럼 들어맞는다. 매년 반복되는 바람의 얼고 풀리는 과정처럼 "역사는 반복된다."라는 말이 이렇게 가슴 아프고 뼈저리게 다가올 수 있을까.

마음은 눈감을 줄 모르다

보통 '내 마음은 어떠하다'에서 '어떠하다'의 자리는 감정과 관련된 형용사들의 자리다. '기쁘다, 슬프다, 즐겁다'처럼 말이다. 마지막 행을 완성하기에

앞서 시인도 많은 고민을 하지 않았을까? 결국 어떠한 감정도 표현하지 않기로 하지만, 그러자 읽는 이로 하여금 되레 더 많은 감정을 느끼게 하는 매력적인 표현이 만들어졌다. 눈 감을 수 없을 정도의 비극에, 슬픔이나 분노에, 스스로를 자책하는 마음과 부끄러움에 눈 감지 않고 똑바로 바라보겠다는 다짐. 이보다 더 멋진 마무리가 있을까 싶다.

이 시는……

시인이 발표한 첫 시집의 첫 작품. 시인에게도 독자에게도 그 무게감은 만만치 않을 것이다. 누군가에게 정식으로 첫선을 보이는 자식 같은 느낌일 것 같기도 하고 '나'라는 사람을 가장 잘 표현할 수 있는 자기소개서의 느낌일 것 같기도 하다. 시인의 첫 시집 《분수령》. 그 문을 여는 이 시 역시 시인에게는 좀 더 특별한 작품이지 않았을까?

앞서 시인의 시 세계에서 살펴본 것처럼 등단작인 <패배자의 소원>이나 모더니즘적 색채가 드러났던 시들이 아닌 이 시가 시집의 시작을 알린 것도 의미심장하다. 시의 마지막 구절인 눈감을 줄 모르는 마음처럼, 아니면 시인이 시집의 꼬리말에 쓴 "요리조리 돌아서래도 다다라야 할 해양을 향해 나는 좀 더 꾸준히 흘러야겠다."라는 다짐처럼 시인의 이후 시집들은 그만의 목소리와 빛을 찬란히 내뿜기 시작한다. 그의 삶 같은 시. 그래서인지 이 시는 언제 읽어도 그 특별한 힘이 느껴진다.

또한 이 시는 기법적으로도 새로운 지평을 열어주었다. 러시아 형식주의자인 쉬클로프스키는 '낯설게 하기' 기법이 문학의 예술성을 더 돋보이게 한다고 설명했는데, 이 시의 '고향'이 그 적절한 예가 될 수 있다.

우리가 가지고 있는 고향의 이미지를 떠올려 보자. 보통 우리는 어렸을 때 들었던 동화나 설화 속 고향의 이미지들, 아니면 고전 문학에 반복되던 고향의 이미지들을 통해 누가 외우라고 한 것도 아닌데 따뜻함이나 포근함, 그리움과 관련된 것들을 떠올린다. 물론 익숙함이나 공감의 측면에서는 이 방식이 유리하다. 정지용의 시 <향수>의 "그곳이 차마 꿈엔들 잊힐 리야"라는 구절이나 오장환의 시 <고향 앞에서>의 "집집마다 누룩을 디디는 소리, 누룩이 뜨는 내음새"라는 구절은 누가 설명해 주지 않아도 우리 모두 쉽게 느끼고 공감한다.

'낯설게 하기'는 이를 뒤집어야 한다는 것이다. 기존의 틀이나 방식을 깨는 것에서 새로운 느낌이나 의미들이 발생하고 그것이 곧 예술성이 된다는 것이다. 그래서 정지용의 시 <고향>에서 화자가 돌아온 고향은 더 이상 어린 시절 불던 풀피리 소리가 나지 않는다. 메마른 입술에 쓰디쓴 감정을 우리도 함께 느낀다. <북쪽>은 여기서 더 극단적으로 나아간다. 여인이 다른 민족의 땅으로 팔려 간 고향. 그걸 지켜보고 있는 무기력한 개인, 무기력한 나라. 다소 낯설고 가슴이 턱 막히는 느낌을 주지만, 이 시대의 고향이라면 이쪽이 더 현실성 있게 다가오기도 한다. 그렇게 익숙하고도 낯선 이 시의 고향은 독자의 가슴속에 강렬한 인상을 남기고 만다.

나를 만나거든

땀 말른 얼굴에
소금이 싸락싸락 돋힌 나를
공사장 가까운 숲속에서 만나거든
　내 손을 쥐지 말라
　만약 내 손을 쥐드래도
옛처럼 네 손처럼 부드럽지 못한 이유를
그 이유를 묻지 말어다오

주름 잡힌 이마에
석고처럼 창백한 불만이 그윽한 나를
거리의 뒷골목에서 만나거든
　먹었느냐고 묻지 말라
　굶었느냐곤 더욱 묻지 말고
꿈 같은 이야기는 이야기의 한마디도
나의 침묵에 침입하지 말어다오

폐인인 양 씨들어져

턱을 고이고 앉은 나를
어둑한 폐가의 회랑에서 만나거든
　울지 말라
　웃지도 말라
너는 평범한 표정을 힘써 지켜야겠고
내가 자살하지 않는 이유를
그 이유를 묻지 말어다오

씨들어져 '시들다'의 된소리.

땀 말른 얼굴에 소금이 싸락싸락 돋힌 나

일본 유학 시절 쓰인 이 시는 시인의 경제적 상황을 짐작하게 한다. 어렵사리 오른 유학길인 만큼 공부에만 매진해도 모자랐을 터. 하지만 시인은 낮에는 대학에서 공부를 하고 밤에는 공사장과 부두를 전전하며 노동일로 생계를 유지했다. 가난한 유학생의 삶. 이는 마음의 여유라고는 잠시도 가져볼 수 없는 삶이다. 땀에 절다 못해 소금기 가득한 얼굴처럼 말이다.

네 손처럼 부드럽지 못한 이유

시에서 나를 만난 너는 누구인지, 화자와 어떤 관계인지 드러나 있지 않다. 다만 이 한 구절로 짐작은 가능하다. 끊임없이 화자와 만나고 교류를 이어가는 것으로 볼 때 같은 한국인, 즉 같은 유학생이라고 볼 수 있지 않을까? 화자처럼 가난한 유학생도 있겠지만 부유한 집안 출신의 유학생들도 있었을 것이다. 부드럽고 고운 너의 손과 노동에 상한 투박한 나의 손. 때로는 상대적 박탈감이 더 가슴 아플 수도 있다.

꿈 같은 이야기

꿈을 위해 오른 이 길이 꿈같이 아득해 보이는 것은 왜일까? 밥은 먹었는지 아니면 굶었는지 물어봐야 할 정도라면 꿈은 그저 아득한 이야기일 뿐이다. 하루하루 먹을 것과 굶주림을 걱정해야 하는 건 인간보다는 동물의 삶에 더 가깝지 않은가. 그러니 불만 가득한 얼굴로 침묵하는 것이 유일한 답일지도 모르겠다. 한 치 앞도 모르는데 꿈이라니, 무슨 할 말이 있겠는가.

내가 자살하지 않는 이유를 묻지 말어다오

마지막 구절은 너무 강렬하다 못해 염세적이다. 굶주림과 힘겨운 노동으로 폐인같이 보이는 모습. 화자는 자살이라는 단어를 떠올릴 만큼 극단의 상황에 몰려 있다. 무엇 때문에 이렇게까지 하면서 살아가야 할까? 앞에 등장한 것처럼 꿈일까, 아니면 고향에 두고 온 가족일까. 이런 이상적인 답까지 가지 않아도 될 것 같다. 사는데 무슨 이유가 꼭 필요한가? 태어났으니 살고, 가난하니 굶주리고, 그저 시간이 가니 하루를 버티는 것뿐일지도 모른다. 바로 그것이 삶의 가장 단순한 모습일지도 모르겠다.

이 시는……

사람은 사회적 동물이라는 단순한 명제처럼 우리는 혼자서 살 수 없기에 항상 타인과 교류하며 살아간다. 또 심리적 거리가 가까운 관계일수록 이러한 교류는 더욱 빈번해지고 깊어지는 것이 일반적이다. 그래서 이 시에 등장하는 '너' 역시 이 교류에 충실한 모습이다. 만나서 안부를 묻고, 끼니를 걱정하고, 감정을 교류하고자 한다. 이러한 과정을 통해 우리는 서로 힘을 얻기도 하고 위로를 받기도 하며 긍정적인 영향을 주고받는다.

하지만 이러한 교류는 때때로 서로의 경계를 과하게 침범하기도 한다. 들키고 싶지 않은 상황, 인정하고 싶지 않은 사실, 지켜야 할 알량한 자존심……. 이 경계를 넘어서게 되는 순간, 교류는 더 이상 따뜻하지 않다. 상대방은 먼 타인보다 더 상처를 주는 존재가 되고 만다.

주변의 현실이 너무 힘든 탓일까? 자세한 이유는 모르겠지만 시 속 화자의 모습은 모든 것을 경계하고 누구의 접근도 허용하지 않으려는 상처받은 한 마리 짐승 같기도 하다. 아무리 좋고 따뜻한 말이라 해도 받아들일 마음의 준비가 되어 있지 않으니 화자에게는 아무런 쓸모가 없다.

화자의 어조는 그래서 더 단호하다. 매 연 비슷한 위치에 등장하는 '내 손을 쥐지 말라', '먹었느냐고 묻지 말라', '울지 말라', '웃지도 말라'라는 명령형의 말들은 상대방과의 경계를 분명히 한다. 보이지 않는 경계선의 탓일

까, 아니면 이 신호를 무시하고 계속 침범하는 '너'의 탓일까. 1연에서 손을 쥐인 화자는 2연에서는 대화하고 싶지 않은 마음을 침묵으로 표현한다. 3연에서는 너와 감정을 교류하고 싶은 생각이 전혀 없음을 이야기하며 최후의 통첩을 날린다. 내가 자살하지 않는 이유를 궁금해하지 말라고. 내 삶의 이유를 궁금해하지 말라고. 진심을 담은 위로든 값싼 동정이든 나에게 어떤 의미 부여도 될 수 없을 거라고 말이다. 이런 화자의 모습이 너무 냉정하고 이기적으로 느껴질 수도 있다. 하지만 이 단단하고도 독한 마음이 화자를 지금까지 버티게 해주었고 앞으로도 버티게 해주지 않을까.

"나를 만나거든 절대 내 영역에 침범하지 말라. 너의 위로나 동정 따위 받고 싶지 않다. 나는 스스로 버텨내 경계에 꽃을 피울 것이다."

마치 시인이 시 속에 다 담지 못한 말들이 보이는 듯하다. 적어도 화자가 스스로 삶을 포기할 생각이 없다는 것만큼은 분명해 보인다.

풀벌레 소리 가득 차 있었다

우리 집도 아니고
일갓집도 아닌 집
고향은 더욱 아닌 곳에서
아버지의 침상 없는 최후 최후의 밤은
풀벌레 소리 가득 차 있었다

노령을 다니면서까지
애써 자래운 아들과 딸에게
한마디 남겨두는 말도 없었고
아무을만의 파선도
설룽한 니코리스크의 밤도 완전히 잊으셨다
목침을 반듯이 벤 채

다시 뜨시잖는 두 눈에
피지 못한 꿈의 꽃봉오리가 깔앉고
얼음장에 누우신 듯 손발은 식어갈 뿐
입술은 심장의 영원한 정지를 가리켰다

때늦은 의원이 아무 말 없이 돌아간 뒤
이웃 늙은이 손으로
눈빛 미명은 고요히
낯을 덮었다

우리는 머리맡에 엎디어
있는 대로의 울음을 다아 울었고
아버지의 침상 없는 최후 최후의 밤은
풀벌레 소리 가득 차 있었다

노령 러시아의 영토. 여기서는 러시아 연해주 지방에 있는 항만 도시 블라디보스토크를 가리킴.

아무을만 중국 흑룡강 하류에 형성된 바다가 육지 속으로 쑥 들어간 곳.

파선 풍파를 만나거나 암초 따위의 장애물에 부딪혀 배가 파괴됨.

설룽한 '서늘한 기운이 있어 조금 추운 듯하다'의 뜻.

미명 무명(무명실로 짠 피륙)의 옛말.

고향은 아닌 곳에서 최후의 밤

호상(好喪)이라는 말이 있긴 하지만 살아 숨 쉬는 인간에게 죽음이라는 말은 필연적으로 '슬픔'의 감각을 불러일으킨다.

그리고 이 슬픔의 감각은 마땅히 우리 인간이 감당해야 할 몫일 테다. 오늘날 우리에게 죽음이라는 것은 병원에서 맞이하는 임종의 순간 혹은 그 이미지의 다름 아니다. 그러나 불과 수십 년 전만 하더라도 대부분의 사람들은 자신이 살던 집에서, 그것도 자신이 태어나고 자란 고향에서 죽음을 맞는 것이 보편적이었다. 오죽하면 수구초심(여우가 죽을 때에 머리를 자기가 살던 굴 쪽으로 둔다는 뜻으로, 고향을 그리워하는 마음을 뜻함)이라는 말이 있겠는가.

그렇다면 '우리 집도, 일갓집도, 고향도' 아닌 곳에서 맞이한 '아버지의 최후의 밤'은 참담하기 이를 데 없었을 것이다. '머리맡에 엎디어 있는 대로 울음'을 다 울어서인지, 비통한 심정에 말문이 막혀서인지는 모르겠지만 어찌 되었든 한탄과 넋두리로 가득 차야 할 그곳에서 들리는 소리는 요란스레 주변을 메우고 있는 '풀벌레 울음소리'뿐이다.

한마디 남겨두는 말도 없었다

돌아가신 아버지의 모습을 보며 화자는 아버지가 돌아가시기 전 가족의 생계를 위해 다녔을 법한 곳들을 더듬어간다. 노령, 아무을만, 니코리스크……. 우리에겐 다소 생소한 지명이지만, 두만강 변 국경 마을에서 태어난 시인의 삶을 떠올려 본다면 충분히 짐작할 수 있는 곳이다. 시인의 아버지는 러시아 영토를 오가며 장사를 했으며 그 와중에 객사한 것으로 알려져 있다. 가족을 위해 떠도는 삶을 살 수밖에 없었지만 정작 사랑하는 자식들에게는 유언 한마디 남기지 못하고 타향에서 비참한 최후를 맞이한 것이다.

눈빛 미명으로 낯을 가린 아버지

화자는 아버지의 죽음의 순간을 섬세하게 그려내고 있다. 다시 뜨지 못할 두 눈, 차가운 손과 발, 더 이상 움직일 리 없는 입술……. 뒤늦게 의원을 불러보지만 말없이 고개만 젓고 돌아서는 모습, 그리고 뒤이어 아버지의 얼굴을 뒤덮는 흰색 무명. '뜨시잖는, 피지 못한, 얼음장, 영원한 정지' 같은 죽음을 연상하는 수식어들. 모든 것이 하나의 장면처럼 담담히 묘사되어 오히려 더 깊은 슬픔을 느끼게 한다. 심지어 '있는 대로의 울음을 다' 울어버린 화자 자신의 모습과 그와 함께 겹쳐지는 풀벌레 울음소리는 화자의 참담한 내면 심경을 더욱 생생하고 강렬하게 표현하고 있다.

피지 못한 꿈의 꽃봉오리

젊은 시절 아버지의 꿈은 무엇이었을까? 그것이 무엇이든 간에 지금은 피지 못한 꿈의 꽃봉오리가 되어 영영 가라앉아 버렸다. 떠돌아다니며 사는 것을 운명처럼 여기고 사는 사람들도 있겠지만 가족이 있는 사람이라면, 그리고 그 사람이 한 가족의 가장이라면 어떨까? 떠도는 삶이 그리 녹록지만은 않았을 것이다. 소중한 자식들을 고향에 남겨두고 혹은 그들마저 이끌고 머나먼 타향 땅을 떠돌았던 것은 아버지 자신의 의지가 아닌 그렇게 살 수밖에 없었던 이유가 있음을 짐작하게 한다. 이 작품이 화자 개인의 가족사적 비극을 넘어 당대 유이민들의 참담한 실상을 구체적으로 그리고 있다는 평가를 받는 이유는 자명하다. 한 아버지의 죽음의 순간을 통해 일제강점하에 우리 유이민들이 겪어야 했던 비참한 삶과 민족사적인 아픔을 핍진하게 그려내고 있기 때문일 것이다.

이 시는······

말과 글을 통해 의사소통하고 감정을 전달하는 것은 우리에게 너무 당연한 일이다. 인류의 가장 위대한 발명 중 하나를 문자로 꼽기도 하니 의사소통의 도구가 없는 삶은 상상하기조차 어렵다. 그런데 이 대단한 문자도 결국 인간에 의해 창조된 것이다 보니 우리의 감정을 모두 정확하게 표현할 수는 없다. 가령 지금 막 사랑에 빠진 한 남자를 떠올려 보자. 이 사람의 마음을 어떤 단어로 표현해야 가장 정확할까? 좋아함, 설렘, 떨림, 두근거림, 애틋함, 사랑. 어떤 말로도 이 순간의 감정을 정확히 표현할 수는 없지 않을까. 그러니 시인의 재능이란 인물이 느끼는 감정을 잘 형상화해서 독자에게 전달하는 능력이라 해도 좋을 것이다. 여기서는 아버지의 죽음을 접한 인물의 감정을 어떻게 전달할지 생각하며 시인이 선택한 방법을 살펴보자.

시 전반에 걸쳐 시인은 감정을 직접적으로 전달하는 대신 주변 상황을 담담히 서술하고 있다. 감정을 나타내는 단어는 어느 곳에도 없지만 아버지의 모습이나 주변 상황에 대한 서술이 시 곳곳에 나타난다. 마치 카메라맨이 등장인물을 계속 따라다니며 촬영한 장면을 하나하나 보여주는데 장면이 하나씩 쌓일수록 시인이 원하는 감정으로 자연스레 끌려가는 느낌이다. 우리 집도 고향도 아닌 낯선 타향에서의 최후. 침상 하나 마련하지 못한 마지막 순간. 유언 한마디 제대로 남기지 못한 상황. 차갑게 식은 시신 위로 덮이는 하얀 무명천의 모습. 크게 기대한 것은 아니었겠지만 때늦은 의원의 방문과 돌아감. 지칠 때까지 울고 있는 가족들의 모습. 어느새 우리 앞에는 이국의 땅을 떠돌던 아버지의 삶의 풍경과 죽음의 순간마저 비극에서 한 발자국도 벗어나지 못하는 모습이 눈앞에 선명히 그려진다. 아버지의 죽음을 비롯한 가까운 사람들의 죽음, 고생으로 가득한 삶은 당시 사람들이 쉽게 공감할 만한 보편적인 삶의 모습이었을 것이다.

시인은 시의 마지막까지도 감정을 드러내지 않는 방법을 택한다. 수미상관의 형태로 강조하고 있는 1연과 4연의 마지막 부분은 '최후 최후의 밤'을 반복하면서 긴장감을 한껏 끌어올린다. 어떤 마무리가 나올까 하는 궁금함이 무색하게 '풀벌레 소리로 가득 차 있다'는 구절은 순간 당황스럽기도 하다. 화자나 주변 인물들과는 전혀 관련 없는 풀벌레의 울음소리라니. 그런데 곱씹으면 곱씹을수록 절묘한 표현이다. 아버지를 잃은 화자의 마음을 도대체 어떤 말로 표현할 수 있을까? 세상에 존재하는 모든 단어를 가져다 놓아도 화자의 마음을 표현할 수는 없지 않을까. 그러니 할 수 있는 거라곤 아버지의 최후의 모습을 한순간이라도 더 눈에 담아두는 것뿐. 혼이 없어 말할 수 없는 아버지와 어떠한 말도 할 수 없는 화자로 인해 방 안은 침묵만이 흐르고, 그제야 바깥의 풀벌레 소리가 들리기 시작한다. 아마 방 안이 울음

소리로 가득할 때도 풀벌레는 계속 울고 있었을 것이다. 다만 그 소리가 들어올 수 없었을 뿐이다. 뒤늦게 들려오는 이 풀벌레 소리가 화자의 마음을 조금이나마 어루만져 준다면 이보다 더 훌륭한 노래가 어디 있을까. 긴 밤, 아버지를 떠나보낼 수 없는 화자의 마음처럼 침묵은 길어질 것이고, 어느덧 방 안은 풀벌레 소리로 가득하다. 날이 밝지 않기를, 풀벌레 소리가 그치지 않기를 함께 빌어주고 싶은 밤이다.

동면하는 곤충의 노래

산과 들이
늙은 풍경에서 앙상한 계절을 시름할 때
나는 흙을 뚜지고 들어왔다
차군 달빛을 피해
둥글소의 앞발을 피해
나는 깊이 땅속으로 들어왔다

멀어진 태양은
아직 꺼머첩첩한 의혹의 길을 더듬고
지금 태풍이 미쳐 날뛴다
얼어빠진 혼백들이 지온을 불러 곡성이 높다
그러나 나는
내 자신의 체온에 실망한 적이 없다

온갖 어둠과의 접촉에서도
생명은 빛을 더불어 사색이 너그럽고
갖은 학대를 체험한 나는

날카로운 무기를 장만하리라
풀풀의 물색으로 평화의 의장도 꾸민다

얼음 풀린
냇가에 버들이 휘늘어지고
어린 종다리 파아란 항공을 시험할 때면
나는 봄별 짜듯한 땅 위에 나서리라
죽은 듯 눈감은 명상—
나의 동면은 위대한 약동의 전제다

뚜지고 파서 뒤집고.

둥글소 '황소'의 북한어. 다 자란 수소.

짜듯한 '빛이 선명하고 뚜렷하다'의 뜻.

동면하는 곤충

시를 읽어 내려가다 보면 '나는'이라는 단어가 유독 눈에 자주 띈다. 제목에 '동면하는 곤충'이라는 표현이 있는 것으로 보아 시인이 자신의 태도나 의지를 시적 화자인 곤충에 의탁해 전달하고자 했음을 알 수 있다. 이 시에 등장하는 곤충은 산과 들이 앙상한 계절에 땅속 깊은 곳으로 들어가 동면을 준비한다.

그런데 동면을 하는 수많은 생명체 중에서 왜 하필이면 곤충이었을까? 곤충의 세계에서도 하위 포식자, 상위 포식자 등의 개념이 있을 것이다. 나름대로 힘의 논리가 적용되어 약한 곤충과 강한 곤충이 존재할 것이다. 그러나 인간의 입장에서 본다면 강한 곤충이든 약한 곤충이든 곤충이란 나약한 존재일 뿐이다. 시인은 땅속에 파묻혀 겨울잠을 자는 '지금 당장'은 힘없고 나약한 존재인 벌레와 자신을 동일시하여 화자인 벌레가 놓인 상황과 감정을 전달하기 위해 이 시를 쓴 것 아닐까.

둥글소의 앞발을 피해

동면을 하는 모든 생명체가 그렇듯, 이 시에서 화자가 땅속 깊이 들어온 이유 역시 '앙상한 계절' 때문이다. 하지만 이 시에서 동면의 이유는 계절뿐만이 아니다. '차군 달빛, 둥글소의 앞발, 멀어진 태양, 태풍' 등을 피해 화자는 땅에 들어와 동면을 취한다. 이 시가 곤충의 생태를 보고하는 시가 아니라는 점에서 이 단어들을 사전적인 의미로만 바라봐서는 안 될 것이다. 물론 그렇다고 해서 시대적 상황, 즉 이 작품이 창작될 당시인 일제강점기라는 현실, 당시 혼란스러웠던 사회적 분위기 등으로 한정 짓는 것도 편협한 해석이 될 수 있을 것이다.

그러므로 이 모두를 아우르는 해석을 해보면 어떨까. 거대한 운명, 냉혹한 현실, 강한 자들의 억압적인 폭력 등으로 해석해 보는 것이다. '앙상한 계절, 멀어진 태양, 태풍이 몰아치는 상황'은 어쩌면 누구에게나, 언제 어디서나 존재하는, 피할 수 없는 맞서야 할 거대한 힘 같은 것이므로.

날카로운 무기를 장만하리라

거대한 힘에 맞서 숨을 곳을 찾는 행동을 보고 누군가는 비겁하다고 할지도 모르겠다. 이 시의 화자도 소의 앞발과 혼백마저 얼려버리는 혹독한 추위를 피해 땅속 깊은 곳으로 숨어든다. 하지만 이 시의 화자는 가만히 앉아 혹독한 추위가 피해 가기만을 기다리지는 않는다. 자신이 가진 체온에 대한 믿음과 생명력으로 앞이 보이지 않아 아무것도 할 수 없는 땅속 어둠의 공간마저 수용하려 한다. 나아가 날카로운 무기와 초록빛 의장을 장만하고선 혹독한 계절을 견디고 다가올 따뜻한 봄날을 준비한다. 화자는 스스로에 대한 믿음을 바탕으로 혹독한 현실을 인내하고 극복하겠다는 의지를 동면을 통해 다지게 된다.

위대한 약동의 전제

혹독한 겨울의 끝에는 언제나 따사로운 봄이 있기 마련이다. 이러한 계절의 순환은 만물의 진리이며, 자연의 섭리이다. 더 높이 날아오르기 위해서 더 낮게 움츠려야 한다면 화자에게 동면은 단순한 회피가 아니다. 죽어 있는

듯 보이는 동면은 봄을 맞이하기 위한 명상의 시간이며, '위대한 약동을 위한 전제조건'이라 할 수 있다.

결국 시인은 '동면하는 곤충'을 통해 냉혹한 현실과 거대한 힘에 맞서 필연적으로 숨게 되는 나약한 존재를 그리면서도 그를 위한 비겁한 변명을 늘어놓는 게 아닌, 현재의 암울한 현실을 지혜롭게 극복해 보려는 의지를 보여준다.

이 시는……

번데기가 나비로 변태하는 과정을 본 적이 있는가. 애벌레가 단단한 껍질로 무장한 번데기로 변하는 과정도 신기하지만 그 속을 뚫고 나비가 나오는 과정은 뭐라 설명할 수 없이 경이롭다. 슬금슬금 기어 다니며 나뭇잎을 먹던 애벌레의 신세에서 하늘을 날아다니는 나비로의 변신이라니. 사람으로 치자면 이만한 출세도 없다고 해야 할까. 특히 호랑나비는 번데기로 겨울을 나고 나비로 변태한다고 하니 시인의 시와 연결해 볼 수 있지 않을까.

세상의 무서운 것들을 피해 겨우내 숨 고르기를 마치고 완전히 새로운 무언가로 태어나는 것. 인간으로 태어난 이상 불가능한 일이겠지만 비참한 현실 속에서 좀 더 나은 삶으로 태어났으면 하는 생각이야 다들 한 번쯤 해본 적 있지 않은가. 아니면 차라리 땅속으로 파고들어 동면하는 소똥구리 같은 인생은 어떤가. 지상의 무서운 것들이야 잠시 잊고 한숨 푹 자고 따스한 봄에 세상에 나오는 인생. 매번 현실의 벽 앞에 좌절하고 부서지는 인간의 운명과 비교하자니 이만큼 완벽한 해결책이 어디 있나 싶기도 하다. 시인 역시 불가능한 줄 알면서도 이런 행복한 상상을 펼쳤던 것 아닐까.

동면을 통해 시인이 얻고자 하는 것도 흥미롭다. 살면서 겪은 갖은 학대들을 자양분 삼아 화자가 얻고자 하는 것은 날카로운 무기다. 일제의 강력한 힘 앞에서 여러 번 좌절을 경험한 민족이 강력한 힘을 원하는 것은 어찌

보면 당연하다. 도덕이든 규칙이든 결국 강력한 힘 앞에서는 다 부서지고 마는 시대이지 않았던가. 그러나 동면은 성숙해지는 과정도 동반하는 것일까. 화자는 바로 다음 행에서 평화의 의장도 함께 마련하는 모습을 보인다. 힘으로 당한 일을 힘으로 갚는 것이 당연한 일인지도 모르지만 결국 복수는 또 다른 복수를 부를 것이다. 강력한 힘이 있고, 그걸 복수에 사용하지 않는다면, 그리하여 용서에 사용할 수 있다면 이 지긋지긋한 싸움을 완전히 끝낼 수 있을지도 모른다. 힘을 가지고도 타인을 생각하며 도덕적인 선택을 할 수 있다면 그것이 바로 인간이 꿈꿀 수 있는 가장 이상적인 모습일 테다. 이를 위한 동면이라면 몇 번이든 기꺼이 할 수 있을 것만 같다.

그러니 결국 화자가 말하는 동면은 현재의 고통을 인내하면서 미래의 약동을 준비하는 시간인 것은 아닐까? 지금 우리 주위의 많은 이들이 자신만의 동면을 하듯 말이다. 대입을 앞둔 수험생. 더 좋은 대학을 가기 위해 수능에 또다시 도전하는 재수생. 스펙 쌓기에 여념이 없는 취준생. 또 다른 변화를 위한 지금의 무수한 선택들. 어두컴컴한 땅속 생활이 언제 끝날지는 모르겠지만 화자의 말처럼 자신의 체온을 믿고 버티다 보면 결국 끝이 찾아올 것이다. 우리의 모든 소망이 무사히 기지개 켜고 깨어나길. 그리하여 봄볕 '짜듯한' 날을 하루빨리 맞이하길 바라본다.

만추

노오란 은행잎 하나
호리호리 돌아 호수에 떨어져
소리 없이 호면을 미끄러진다
또 하나—

조 이삭을 줍던 시름은
요지음 낙엽 모으기에 더욱더
해마알개졌고

하늘
하늘을 쳐다보는 늙은이 뇌리에는
얼어 죽은 친지 그 그리운 모습이
또렷하게 피어오른다고
길다란 담뱃대의 뽕잎 연기를
하소에 돌린다

돌개바람이 멀지 않어

어린것들이
털 고운 토끼 껍질을 벗겨
귀걸개를 준비할 때
기름진 밭고랑을 가져 못 본
부락민 사이엔
지난해처럼 또 또 그 전해처럼
소름 끼친 대화가 오도도오 떤다

하소 억울한 일이나 잘못된 일, 딱한 사정 따위를 말함.

돌개바람 회오리바람.

귀걸개 방한용 귀마개.

노오란 은행잎 하나 호리호리 돌아

지금이나 100년 전이나 단풍 든 늦가을의 풍경은 아름다웠으리라. 노오란 은행잎이 잔잔한 호수에 한 잎 한 잎 떨어지는 풍경도 아름답고 이 풍경을 선명히 그려내는 시인의 솜씨도 아름답기만 하다. 하지만 이 뒤에는 스릴러 소설의 그것처럼 극적인 반전이 기다리고 있다. 너무나 아름다운 자연과 대비된 전혀 아름답지 못한 인간사가 말이다.

조 이삭을 줍던 시름, 낙엽 모으기

가을 하늘은 청명하지만 아침저녁으로 부는 쌀쌀한 바람은 사람들에게 월동 준비를 서두르게 한다. 조 이삭으로 대표되는 음식, 낙엽으로 대표되는 연료는 춥고 긴 겨울을 버티기 위해 꼭 필요한 것들이다. 문제는 가난한 사람들에게는 이 준비조차 여의치 않다는 것이다. 논 임자가 이미 추수를 끝내고 간 땅에서 이삭을 열심히 주운들 그 양이 얼마나 될 것이며, 낙엽을 수십 무더기 모은들 장작에 비할 수 있을까. 일하면 할수록 시름만 깊어지지는 않았을까.

어린것들이 귀걸개를 준비할 때

겨울을 버티기 위해서 온 가족이 총출동했다. 어린아이들까지 나서서 토끼 가죽으로 방한용 귀마개를 만들고 있으니 말이다. 이 풍경도 아름다움과는 거리가 멀어 보인다. 아이들마저도 부모를 도와 노동해야 하는 바쁘고 고달픈 삶. 더군다나 그 노동이 살생과 무두질(생가죽, 실 따위를 매만져서 부드럽게 만드는 일)이라는 점은 한층 더 비극적으로 다가온다. 자신의 생존을 위해서 약한 것들을 죽여야 하는 세계란 당연하면서도 잔인하다.

소름 끼친 대화

시 어디에도 '대화'의 구체적인 내용은 나오지 않는다. 그러나 자기 땅을 가져본 적 없는 사람들끼리 나누는 대화라고 했을 때 그 내용을 짐작하기란 어렵지 않다. 얼어 죽든, 굶어 죽든, 밤새 온 가족이 사라지든 모두 비극이다. 가난한 자들과 자비라고는 느껴지지 않는 하늘. 지난해처럼 또 그 전해처럼 변함없이 이어지는 비극 앞에 인간은 무기력하기만 하다. 그래서 대화조차 오도도오 떤다고 했을까. 시의 마지막은 예술적이고도 강렬하다.

이 시는……

만추(晩秋). 딱히 자주 들을 일도 없고 사용할 일도 많지 않은 단어이다. 이보다는 늦가을이라는 말이 높은 하늘과 선선한 바람에 더 잘 어울린다. 그럼에도 만추라는 단어가 가슴에 확 와닿게 된 것은 김태용 감독의 영화 <만추> 때문이다. 화장기 하나 없는 슬픈 듯 무표정한 얼굴의 애나와 시애틀의 풍경은 한동안 잊을 수 없었고, 만추라는 글자는 쓸쓸함과 사랑이라는 어울리지 않는 단어들 사이에 남게 되었다.

그래서였을까. 이 시는 너무 충격적이었다. 지금이야 따뜻한 옷, 다양한 난방 기기, 추위를 막아줄 수 있는 집이 일상적인 것이 되었지만 시인의 시대에는 그러지 못했다. 지금이야 겨울은 그저 지나가는 계절 중 하나이거나 좋아하는 계절로 여겨지곤 하지만 이 시대 사람들에게 겨울은 생존을 위협하는 계절이었을 것이다. 추위와 굶주림으로 죽을 수 있는 그런 계절 말이다.

그러니 가난한 사람들은 겨울이 오는 것이 싫었을 것이다. 그래서 할 수 있는 최선을 다해 월동 준비를 한다. 조 이삭을 줍고 낙엽을 모으고, 어린아이들은 토끼 가죽으로 귀걸개를 준비한다. 그러나 3연에서 두 번이나 강조되어 나오는 '하늘'은 가난한 사람들에게 더 매정하다. 겨울은 길고 추운 겨울밤은 더더욱 길다. 버티지 못하고 죽는 친지의 모습을 지켜보는 것만큼

비참한 일이 또 있을까. 매섭게 눈만 퍼부을 하늘을 원망한들 아무 소용이 없다.

더 잔인한 것은 이 계절이 1년 단위로 다시 돌아온다는 것이다. 인간은 뛰어난 학습 능력 덕분에 고통스럽게 배운 것을 잊지 않는다. 코끝에 서늘한 바람이 스치는 만추가 지나면 돌개바람 같은 겨울이 찾아오고 가난한 마을의 누군가는 죽는다. 지난해 또 그 전해처럼 이 소름 끼치는 비극은 계속된다. 다시 봄이 오고 무더운 여름, 그리고 가을이 온다. 그리고 어느새 다시 만추. 곧이어 찾아올 겨울 앞에 인간이라는 존재는 너무나도 무기력해 보인다. 죽음도 두렵지만 어쩌면 벗어날 수 없는 죽음이라는 운명 앞에 서 있는 것이 더 비참하고 슬프지 않았을까. 떨어지는 노오란 은행잎처럼 이번 겨울은 내 차례일지도 모르니 말이다.

이제 만추라는 단어는 쉽게 잊히지 않을 것이다. 쓸쓸함, 사랑, 비참함, 절망. 이 단어들과 함께 남아 있을 것이다.

항구

태양이 돌아온 기념으로
집집마다
카렌다아를 한 장씩 뜯는 시간이면
검누른 소리 항구의 하늘을 빈틈없이 흘렀다

머언 해로를 이겨낸 기선이
항구와의 인연을 사수하려는 검은 기선이
뒤를 이어 입항했었고
상륙하는 얼골들은
바늘 끝으로 쏙 찔렀자
솟아나올 한 방울 붉은 피도 없을 것 같은
얼골 얼골 희머얼건 얼골뿐

부두의 인부꾼들은
흙을 씹고 자라난 듯 꺼머틔틔했고
시금트레한 눈초리는
푸른 하늘을 처다본 적이 없는 것 같았다

그 가운데서 나는 너무나 어린
어린 노동자였고—

물 위를 도롬도롬 헤어 다니던 마음
흩어졌다도 다시 작대기처럼 꼿꼿해지던 마음
나는 날마다 바다의 꿈을 꾸었다
나를 믿고저 했었다
여러 해 지난 오늘 마음은 항구로 돌아간다
부두로 돌아간다 그날의 나진이여

시금트레한 힘들어 보이고 생기 없는.

헤어 다니던 헤엄쳐 다니던.

나진 함경북도 북부 동쪽 해안에 있는 항구 도시.

항구

항해 기술이 발달하기 전, 바다는 인간의 접근을 쉽게 허락하지 않았다. 걸어서 갈 수 있는 땅의 끝. 바다는 그 끝에서 시작된다. 끝없이 펼쳐진 것 같은 바다는 항구가 생기고 항해 기술이 발달하면서 또 다른 의미를 갖기 시작한다. 탐험, 신대륙, 여행. 이제 항구는 다른 나라와 무역을 하기 위한 거점, 무수히 많은 사람과 물건들이 떠나고 돌아오는 기점이다. 그 항구에서 시인은 무엇을 찾는 것일까?

카렌다아를 한 장씩 뜯는 시간

달력을 한 장씩 뜯는다는 것은 한 달이 지났음을 의미한다. 한 해를 마무리하는 것. 그리고 이는 새로운 한 달 혹은 한 해의 시작을 의미하기도 한다. 힘겹게 살아가야 하는 순간들 속에서도 어김없이 시간은 흐르고 계절은 다시 돌아와 달력을 뜯게 만든다. 우리는 달력을 뜯는 사이사이 지난 것과 마무리하는 것들 속에서 자신의 모습을 되돌아보기도 하고, 처음에 가졌던 마음들을 다잡기도 한다. 또 다가올 시간들에 대한 새로운 다짐과 기대들을

담아보기도 한다. 화자로 하여금 그러한 반성과 다짐들은 괴로움만 가득한 시간 속에서 자신을 지키고 견디는 방법이자, 동시에 그 고통의 시간을 견디는 이유가 되진 않았을까?

부두의 인부꾼들

개항과 함께 상업 무역이 본격화되면서 항구에 입항하는 선박에 짐을 싣고 내리는 일이 기업화되고 많은 부두 노동자들이 등장하게 된다. 하역 기업들은 일본인들에 의해 독점되었고 이 시기 부두 노동자들은 인력거꾼이 받는 2.3원이나 칠쟁이(칠하는 일을 업으로 삼는 사람)가 받는 2.1원보다 낮은 평균 1.4원이라는 일당을 받으며 착취당했다.

부두 노동자들의 한없이 비참한 삶을 핍진하게 녹여 낸 강경애(1907~1943)의 소설 <인간 문제>의 일부분을 인용한다.

> 짐이 와르르하고 부두에 쏟아졌다. 신철이는 차츰 숨이 차오고 팔이 떨어져 오는 듯했다. 짐은 큰 상자며 철판이며 대두박이며 이런 종류였다. 짐에서 떨어지는 먼지며 바람결에 불려오는 먼지가 수천 명의 노동자들이

몸부림치는 바람에 가라앉지를 못하고 공중에 뿌옇게 떠돌았다. 사람을 달달 볶아 죽이고야 말려는 듯한 지독한 볕은 신철의 피부를 벗기는 듯했다.

작대기처럼 꼿꼿해지던 마음

사람의 마음이라는 것은 하루에도 수십 번은 변하기 마련이다. 부두에 서서 파도의 모습을 보고 있노라면 그 모습이 마치 사람의 마음을 닮았다는 생각이 든다. 흩어졌다 모이기를 끊임없이 반복하는 모습이라든지 혹은 멀리서는 그저 평평했던 파도가 가까이 부두에 와 부딪혀 치솟아 오르는 모습이라든지.

마음이 꼿꼿해진다는 것은 결국 우리가 흔히 말하는 의지를 세워본다는 표현이 아닐까? 화자 역시도 부두에 부딪치는 파도를 보면서 물 위를 헤어다니던 마음들을 떠올린다. 그리고 끝없이 흩어져서 이제는 평평해진 그 마음들을 다시금 작대기처럼 꼿꼿하게 세워본다. 바다의 꿈을 꾸고, 주변의 현실에 흔들리지 않고 자신을 믿고자 했던 그 결연한 의지. 혹독한 시련과 현실의 시간들 속에서 그저 모든 것들이 평평해져 가던 자신의 의지를 그날

나진에서 생각했던 작대기처럼 곧고 단단한 마음들로 다시금 세워보고자 한 것은 아닐까.

사람이 하는 모든 일은 마음먹기에 달렸다는 말을 떠올려 본다.

시의 화자는 현재 항구에 있는 것 같지는 않다. 마지막 연의 구절처럼 여러 해가 지난 어느 날, 나진항의 한때를 회상하는 중이다. 과거의 어느 순간을 다시 떠올린다는 것은 그날의 무언가가 현재의 나에게 꼭 필요하다는 의미이기도 하다. 그걸 찾아내는 것을 목표로 이 시를 읽어보자.

1연과 2연의 상황에 대한 설명은 가볍게 넘어가자. 앞서 설명했듯 이 부분에는 당시 항구의 모습이나 시간적 배경, 입항하는 배와 상륙하는 사람들에 대한 모습이 선명히 그려져 있다. 짧은 두 연에 이런 장면을 그려내는 것은 참 대단한 능력이다. 다만 여기서는 그것에 대해 감탄하지 않으려 한다. 화자인 나에 대한 이야기가 나오지 않으니 말이다. 지금 우리에게 필요한 건 그날을 회상하게 만든 나의 모습, 나의 마음이다.

그러니 3연과 4연에 등장하는 '나'가 눈에 띄기 시작한다. 함께 등장한 부두의 인부꾼들과 비교하면 둘의 차이는 극명해진다. 부두의 인부꾼들은 피부가 흙색처럼 보일 정도로 오래 일한 사람들 같다. 당연히 일도 능숙하게 잘할 것이다. 경험을 무시할 수는 없으니까. 하지만 거기까지이다. 그들에게는 꿈이 없다. 그들이 가진 것이라곤 살아 있지 않은 듯한 시금트레한 눈초리, 머리 위에 있는 푸른 하늘을 쳐다볼 생각조차 하지 않는 마음뿐이다. 과연 이 사람들의 마음을 살아 있다 할 수 있을까? 하루하루를 버티고 살아

가려 노력하는 모습도 의미가 있겠지만 어딘가 모르게 공허하다. 텅 빈 깡통을 보는 듯하다.

반면 나는 어린 노동자다. 숙련도로만 따지자면 오래 일한 인부꾼들을 따라갈 수 없다. 다만 매일 반복되는 일상에 무감각해지는 것보다는 경험이 없는 쪽이 차라리 나을지도 모른다. 그러니 내 마음은 바다 밑으로 가라앉지 않는다. 힘들고 지쳐 흩어졌다가도 어느새 작대기처럼 꼿꼿해져 바다 위로 솟는 것이다. 이제 나는 나를 믿고 버틸 수 있다. 도달하고 싶은 꿈, 눈앞의 현실을 변화시키고 싶은 마음이 보이는데 무엇이 문제이겠는가. 시간이 걸려도 그저 그 길을 가기만 하면 될 일이다.

아마 화자의 나진항에 대한 기억은 이 작은 성공에 대한 이야기이지 않을까? 그는 더 이상 나진항 부두의 인부꾼이 아닌 항구를 떠나 꿈을 향해 항해한 사람이니 말이다. 다만 우리도 잘 알고 있는 것처럼 이번 항구를 떠나 다음 항구에, 다른 대륙에 도착한다 해도 행복한 미래가 펼쳐져 있으리란 보장은 없다. 세상은 그리 호락호락하지 않으니까. 그래도 무언가 이루고 싶은, 바꾸고 싶은 이 마음이 가장 중요한 것 아닐까? 고인 물은 썩는다. 그리고 아무리 잔잔해 보이는 바다도 그 속에서는 끊임없이 흐르고 요동치고 있을 것이다. 화자가 바다에서 꾸었던 꿈처럼.

두만강 너 우리의 강아

나는 죄인처럼 수그리고
나는 코끼리처럼 말이 없다
두만강 너 우리의 강아
너의 언덕을 달리는 찻간에
조고마한 자랑도 자유도 없이 앉았다

아모것두 바라볼 수 없다만
너의 가슴은 얼었으리라
그러나
나는 안다
다른 한 줄 너의 흐름이 쉬지 않고
바다로 가야 할 곳으로 흘러내리고 있음을

지금
차는 차대로 달리고
바람이 이리저리 날뛰는 강 건너 벌판엔
나의 젊은 넋이

무엇인가 기다리는 듯 얼어붙은 듯 섰으니
욕된 운명은 밤 위에 밤을 마련할 뿐

잠들지 말라 우리의 강아
오늘 밤도
너의 가슴을 밟는 뭇 슬픔이 목마르고
얼음길은 거츨다 길은 멀다

길이 마음의 눈을 덮어줄
검은 날개는 없느냐
두만강 너 우리의 강아
북간도로 간다는 강원도 치와 마주 앉은
나는 울 줄을 몰라 외롭다

두만강

두만강은 한반도와 중국, 러시아가 만나는 경계선으로, 백두산에서 발원하여 동해로 흐른다. 일제강점기에는 수많은 사람들이 한반도의 최북단을 흐르는 이 강을 건너 간도로, 만주로, 시베리아 등지로 뿔뿔이 흩어진 탓에 고향을 등지고 떠나는 유이민들의 한과 바람이 서려 있는 강이기도 하다. 추적에 쫓기어 죽음을 무릅쓰고 건너기도 했던 강. 이국에서 조국으로 돌아오는 길에 첫 번째로 마주하는 눈물 젖은 강. 이러한 역사적 사실로 보아 두만강은 곧 우리 민족의 강이라 해도 틀린 말은 아닐 것이다.

북간도로 간다는 강원도 치

화자는 '북간도로 간다는 강원도 치와 마주앉'아 두만강을 건너고 있다. '강원도 치'라는 말로 미루어 짐작해 보면 마주 앉은 사람의 행색이 그리 좋지는 않은 듯싶다. 아마도 강원도 산속 깊은 곳에서 화전을 일궈 먹다가 그나마도 여의치 못해 고향을 버리고 어쩔 수 없이 북간도로 향하는 사람이리라.

그 사람과 마주 앉은 화자는 '죄인처럼 수그리고 코끼리처럼 말이 없이'

앉아 있다. 티끌만큼도 자랑할 것 없이, 그러면서도 자유롭지 못한 상황 속에서 마치 '욕된 운명'을 등에 지고 있는 사람처럼 죄의식에 사로잡혀 있다. 그러면서도 어두워 눈에 보이지 않는 두만강이 엄동설한에 차갑게 얼어 있는 모습을 떠올려 본다.

울 줄 몰라 외롭다

그렇다면 화자의 죄의식은 어디에서 비롯되었을까? 아마도 화자는 자신을 비롯, 두만강을 건너기 위해 이 열차를 탄 사람들의 사연과 그들이 맞이하게 될 운명을 떠올린 것은 아니었을까. 도저히 고향과 조국에서는 살 수 없는 그 참혹한 현실이 그들을 '바람이 이리처럼 날뛰는 벌판'으로 내몰아 세운 것은 아니었을까. 화자는 또한 말한다. 참혹한 현실 앞에서 무력한 자신을 자책하는 개인을. 그리하여 먼 길로 떠날 수밖에 없는 비탄을. 그 먼 길마저도 얼음길뿐인 비참함을. 화자는 '오늘 밤도 / 너의 가슴을 밟는 뭇 슬픔에 목마르'다며 절규한다. '강원도 치'가 고향과 조국을 떠날 수밖에 없는 눈물겨운 상황에서 '나'는 울 줄을 모른다. 그러한 절망적인 상황이 전혀 특별할 것 없는 시대였기에. 그래서 혹한에 얼어붙은 '우리의 강인 두만강'은 화자인 '나'의 모습인 동시에 모두가 당면한 '우리'의 모습이기도 하겠다.

잠들지 마라 우리의 강아

화자가 얼어붙은 두만강의 겉모습에만 집중하는 건 아니다. '너의 가슴은 얼었으리라 / 그러나 / …… 다른 한 줄 너의 흐름이 쉬지 않고 / 바다로 가야 할 곳으로 흘러내리고 있음을'이라는 구절을 통해 두만강이 비록 표면은 얼어 있을지언정 그 속에서 한 줄의 물줄기 같은 희망이 바다를 향해 흘러가고 있음을 화자는 상기한다. '강물의 흐름'을 '시간의 흐름, 역사의 흐름'으로 그 의미를 확장한다면, 이는 북방의 거친 환경에서도 쉬지 않고 흐르는 두만강처럼 그 무엇도 시도할 수 없는 절망적인 현실 속에서도 희망을 저버리지 않겠다는 화자의 다짐으로 볼 수 있다.

마침내 화자는 '잠들지 마라 우리의 강아'라며 우리의 강이 깨어 있기를 소망한다. 이는 우리의 강과 함께 자신의 넋도 함께 깨어 있기를 바라는 화자의 자기 질책과도 같다. 그와 동시에 결국 고국을 떠나는 슬픔과 북간도에서 희망을 만들어보려는 다짐이기도 하다.

이 시는······

흐르는 물은 사람의 마음을 고요하게 만드는 무언가가 있는 듯하다. 비 온 뒤 생긴 작은 물길도, 아기자기하게 흐르는 시냇물도 나름의 맛이 있듯, 폭이 넓은 강이나 끝없이 펼쳐진 바다를 바라보며 우리는 종종 생각에 잠기곤 한다. 그러니 오늘도 수많은 강태공들이 물고기를 잡는다는 핑계로 강이나 호수, 바다를 보러 간다. 시인의 시에서도 강이나 바다와 관련된 내용을 종종 확인해 볼 수 있는데, 여기서는 시인의 첫 시집 《분수령》에 실려 있는 <천치(天癡)의 강아>를 함께 비교해 보려 한다.

'국제 철교', '언덕에 자리 잡은 포대', '국경'의 시어로 미루어 볼 때 <천치의 강아>에 등장하는 강 역시 두만강으로 봐도 좋을 듯싶다. 그러나 각각의 시에서 강에 대한 화자의 인식은 사뭇 다르다. <천치의 강아>는 제목에서부터 어리석고 못난 사람을 일컫는 '천치'라는 말이 쓰인다. 자신의 은혜롭지 못한 꿈만 아름답다 고집하는 냉정하고 차가운 강의 모습은 상당히 부정적이다. 시의 4연을 함께 보자.

너를 건너
키 넘는 풀 속을 들쥐처럼 기어
색다른 국경을 넘고저 숨어 다니는 무리

맥 풀린 백성의 사투리의 향려를 아는가

더욱 돌아오는 실망을

묘표(墓標)를 걸머진 듯한 이 실망을 아느냐

대를 이어 밀수업으로 생계를 유지해 온 시인의 가족들 모습이 떠오른다. 생계를 유지하기 위해 목숨을 걸고 국경을 넘나드는 삶. 무덤에 세워두는 묘표를 짊어진 듯한 모습으로 나타나는 삶이 어찌 평탄할 리 있겠는가. 그런 가족들의 모습을 지켜보며 더군다나 아버지까지 잃은 시인에게 강이 원망의 대상이 되는 것은 당연한 일이다. 시인이라고 강이 아무런 죄가 없다는 것을 모르겠는가. 다만 속에서 끓어오르는 무언가를 당장 퍼부을 대상이 필요했으리라. 그렇게 강은 사람들의 삶이라고는 관심도 없는 천치의 강이 되어버리고 만다.

한편 유학 시절 막바지에 쓰인 <두만강 너 우리의 강아>에서 못난 사람의 모습은 강이 아니라 화자에게서 보인다. 죄인처럼 수그리고 코끼리처럼 말이 없는 나. 강 건너 벌판에 무엇인가 기다리는 듯 얼어붙은 듯 서 있는 나의 젊은 넋은 얼어버린 강처럼 자랑도 자유도 없이 그저 서 있을 뿐이다. 어린 시절과 달리 유학을 하며 더 넓은 세상을 본 시인이기에 이제는 강을 원

망할 수도 없게 된 것 아닐까? 기차처럼 무서운 속도로 질주하는 일본 제국의 힘 앞에 기차에 타고 있는 승객인 나는 아무것도 할 수 없다. 차라리 마주 앉은 강원도 치처럼 세상 물정이라도 모르면 좀 나으련만 커버린 머리와는 다르게 할 수 있는 건 아무것도 없다. 행동할 수 없는 데서 오는 절망은 심히 부끄러울 뿐이다. 염상섭의 소설 <만세전>의 주인공 이인화의 마음이 꼭 이랬을까. 조선과 조선 백성들의 모습을 보며 묘지라고 울부짖던 그 절망의 마음 말이다. 당시의 유학파, 지식인이라고 말할 수 있는 사람들은 대부분 이런 마음을 안고 살았으리라.

그나마 다행인 것은 이 시의 화자가 강을 보며 힘을 얻으려고 한다는 점이다. 화자의 현실처럼 꽁꽁 얼어붙은 강은 표면일 뿐이다. 그 아래에서는 한 줄기 물길이 바다로, 가야 할 곳으로 끊임없이 흐르고 있다. 일본에서 유학을 마치고 이름을 바꾸고 '천황 폐하 만세'라고 외치더라도 그것은 보여주기 위한 겉모습일 뿐, 속에 감춰진 마음이 진짜라면(조국을 위한 마음이라면) 아직은 희망이 있는 게 아닐까. 지금 당장은 굴욕적이고 비겁해 보이더라도 죽는 게 답은 아닐 것이다. 밝은 미래도 살아 있어야 볼 수 있는 것 아닌가. 이제 강은 내 삶을 지탱해 주는 버팀목이라 해도 되지 않을까.

우라지오 가까운 항구에서

삽살개 짖는 소리
눈보라에 얼어붙는 섣달그믐
밤이
얄궂은 손을 하도 곱게 흔들길래
술을 마시어 불타는 소원이 이 부두로 왔다

걸어온 길가에 찔레 한 송이 없었대도
나의 아롱범은
자옥자옥을 뉘우칠 줄 모른다
어깨에 쌓여도 하얀 눈이 무겁지 않고나

철없는 누이 고수머릴랑 어루만지며
우라지오의 이야길 캐고 싶던 밤이면
울 어머닌
서투른 마우재말도 들려주셨지
졸음졸음 귀 밝히는 누이 잠들 때꺼정
등불이 깜박 저절로 눈 감을 때꺼정

다시 내게로 헤여드는
어머니의 입김이 무지개처럼 어질다
나는 그 모두를 살틀히 담았으니
어린 기억의 새야 귀성스럽다
거스르지 말고 마음의 은줄에 작은 날개를 털라

드나드는 배 하나 없는 지금
부두에 호젓 선 나는 멧비둘기 아니건만
날고 싶어 날고 싶어
머리에 어슴푸레 그리어진 그곳
우라지오의 바다는 얼음이 두텁다

등대와 나와
서로 속삭일 수 없는 생각에 잠기고
밤은 얄팍한 꿈을 끝없이 꾀인다
가도 오도 못할 우라지오

아롱범 표범.

마우재말 러시아말.

헤여드는 헤쳐 들어오는. 스며드는.

살틀히 일이나 살림을 매우 정성스럽고 규모 있게 하여 빈틈이 없이.

귀성스럽다 수수하면서도 마음을 끄는 맛이 있다.

우라지오 가까운 항구

우라지오는 현재 러시아의 블라디보스토크를 가리킨다. 이곳과 가까운 항구라면 러시아 극동 지역의 어느 항구일 수도, 블라디보스토크의 항구일 수도 있다. 어떻든 우리나라의 항구보다는 낯선 이국땅의 항구가 더 어울린다. 그래야 시의 내용처럼 고향을 떠올리고 그리워하는 내용이 자연스럽게 연결될 것이다. 또 다르게는 이 시가 시인의 일본 유학 시절에 창작되었다는 점에서 일본의 어느 항구로도 볼 수 있겠다. 그곳에서 우라지오 쪽을 바라보는 것은 고향 쪽을 바라보는 것일 테고, 고향에 대한 생각으로 연결되는 것도 퍽 자연스럽다.

나의 아롱범

당시 사람들에게 표범은 호랑이만큼 무서운 맹수였다. 표범의 날렵하고 강인한 모습은 두려움 그 자체였겠지만 그런 만큼 한 번쯤은 닮고 싶다고 생각했을 수도 있겠다. 우리도 인간의 힘을 뛰어넘는 영웅들의 이야기를 듣고는 영웅처럼 되기를 꿈꿔본 적이 있지 않은가. 화자는 강력한 눈밭을 거침

없이 헤치고 다니는 표범의 모습에서 자신이 소망하던 삶의 모습을 찾은 걸지도 모르겠다. 찔레꽃같이 아름다운 기억은 없더라도 강인한 모습으로 힘겨운 삶을 이겨내는 그런 삶 말이다.

어머니의 입김이 무지개처럼 어질다

화자는 밤의 부두에 홀로 있다. 그런 그에게 헤여드는 것은 아마 바다의 밤안개였으리라. 현실이지만 아무것도 보이지 않고 느껴지지 않는 꿈같은 그 순간, 조금 전까지 그리워하던 고향의 추억과 어머니의 이야기가 들릴 것만 같다. 곧 사라질 안개이지만 그 순간 화자에게만큼은 참 어질고 고마운 밤안개였으리라.

우라지오의 바다는 얼음이 두텁다

항구는 수시로 배가 드나들어야 존재의 의미가 있다. 그런데 추운 계절 탓일까, 드나드는 배 하나 없이 두터운 얼음이 얼어버린 우라지오의 바다는 이제 아무도 출입할 수 없다. 블라디보스토크의 지리적 위치상 실제 바다가

얼었다는 것일 수도 있지만, 그보다는 고향에 갈 수 없는 화자의 안타까운 마음을 나타낸 것이 아닐까. 내가 짊어진 현실의 무게, 벗어날 수 없는 굴레는 아무리 큰 쇄빙선(얼어붙은 바다나 강의 얼음을 깨뜨려 뱃길을 내는, 특수한 장비를 갖춘 배)이 온들 쉽게 깨질 리 없을 테니 말이다.

누구에게나 열려 있는 바다라지만 힘들거나 고민이 있는 사람에게 바다는 더 특별하다. 시에서는 밤이 손을 흔들어 부르는 것처럼 표현되어 있지만 결국 이는 바다에 가 깊은 생각에 잠기고 싶은 화자의 마음을 표현한 것이리라.

아롱범처럼 정신없이 달리던 그의 삶은 지금 고요한 밤바다 앞에서 멈추어 있다. 드디어 자신을 돌아볼 수 있는 시간이 생긴 것이다. 그렇게 화자는 3연에서 어린 시절의 기억을 떠올린다. 늦은 밤, 방 안에서 어머니가 누이와 나에게 이야기를 들려주던 때의 기억을. 어머니에게 우라지오의 이야기를 듣고 싶다고 졸라대는 아이와 서툰 러시아어를 섞어가며 이야기를 들려주는 어머니. 그 이야기에 푹 빠져 누이도 등불도 차례차례 잠들어 가는 밤의 모습은 상상만으로도 평화롭다. 이 행복한 순간, 화자는 무슨 생각을 했을까? 아마 자기가 가보지 못한 신세계(우라지오)에 대해 온갖 상상을 하지 않았을까? 이곳에서의 가난한 삶 말고 신대륙으로 건너가 성공하는 그런 인생 역전 스토리 같은 꿈 말이다. 가난한 국경 지역에 살던 화자와 그 가족들에게 새로운 세상에 대한 열망은 당연할 수밖에 없다. 시인이 가난한 유학생이 될 줄을 알면서도 일본 유학을 선택한 것 역시 이런 꿈의 연장선이었을 것이다.

이제 우라지오는 꼭 특정 도시이지 않아도 된다. 내 삶을 변화시킬 수 있는 곳, 꿈을 이뤄줄 이상향의 공간이라고 보면 된다. 문제는 맹수같이 앞만 보고 달려온 화자 앞에 배 한 척 없는 부두가 있다는 것이다. 얼음이 두텁게 얼어붙은 바다. 아무도 가고 오지 못하는 이곳을 벗어나려면 날짐승이라도 되어야 하건만 그건 불가능한 일이다. 분명 열심히 살아왔건만 내가 원하는 꿈은 아직도 저 멀리 있는 것 같고 어떻게 해야 할지 방법조차 떠오르지 않는 그런 상황. 화자는 이 항구에서 길을 잃은 것만 같다.

그래서인지 마지막 연의 슬픔은 무게감이 다르다. 움직일 수 있지만 현재는 길이 보이지 않아 슬픈 화자. 바다의 길을 누구보다 환히 비출 수 있지만 자기 자리에서 한 걸음도 움직일 수 없는 등대. 같이 있지만 서로의 생각에 공감할 수 없는 둘이기에 상황은 나아질 줄을 모른다. 여기에 머물러야 하는지 아니면 또다시 떠나야 하는지 어떤 답도 들려주지 않은 채 내 꿈만 계속 상기시키는 밤, 그리고 밤바다. 꿈을 향해 달려가지만 그곳에 도착하지 못한 채 그 언저리를 맴돌고 마는 모든 인간의 숙명이 떠오르는 것은 왜일까.

낡은 집

날로 밤으로
왕거미 줄 치기에 분주한 집
마을서 흉집이라고 꺼리는 낡은 집
이 집에 살았다는 백성들은
대대손손에 물려줄
은동곳도 산호관자도 갖지 못했니라

재를 넘어 무곡을 다니던 당나귀
항구로 가는 콩실이에 늙은 둥글소
모두 없어진 지 오랜
외양간엔 아직 초라한 내음새 그윽하다만
털보네 간 곳은 아무도 모른다

찻길이 뇌이기 전
노루 멧돼지 쪽제비 이런 것들이
앞뒤 산을 마음 놓고 뛰어다니던 시절
털보의 셋째 아들은

나의 싸리말 동무는
이 집 안방 짓두광주리 옆에서
첫울음을 울었다고 한다

“털보네는 또 아들을 봤다우
송아지래두 불었으면 팔아나 먹지”
마을 아낙네들은 무심코
차그운 이야기를 가을 냇물에 실어 보냈다는
그날 밤
저릎등이 시름시름 타들어 가고
소주에 취한 털보의 눈도 일층 붉더란다

갓주지 이야기와
무서운 전설 가운데서 가난 속에서
나의 동무는 늘 마음 졸이며 자랐다
당나귀 몰고 간 애비 돌아오지 않는 밤
노랑 고양이 울어 울어

종시 잠 이루지 못하는 밤이면
어미 분주히 일하는 방앗간 한구석에서
나의 동무는
도토리의 꿈을 키웠다

그가 아홉 살 되던 해
사냥개 꿩을 쫓아다니는 겨울
이 집에 살던 일곱 식솔이
어데론지 사라지고 이튿날 아침
북쪽을 향한 발자욱만 눈 위에 떨고 있었다

더러는 오랑캐령 쪽으로 갔으리라고
더러는 아라사로 갔으리라고
이웃 늙은이들은
모두 무서운 곳을 짚었다

지금은 아무도 살지 않는 집

마을서 흉집이라고 꺼리는 낡은 집
제철마다 먹음직한 열매
탐스럽게 열던 살구
살구나무도 글거리만 남았길래
꽃피는 철이 와도 가도 뒤울안에
꿀벌 하나 날아들지 않는다

은동곳 은비녀.

무곡 이익을 보려고 곡식을 몰아서 사들임.

싸리말 싸리비. 싸리말 동무는 죽마고우와 같은 뜻.

짓두광주리 바늘, 실 따위의 바느질 제구를 담는 반짇고리.

저릎등 긴 삼대를 태워 불을 밝히는 장치.

갓주지 갓을 쓴 절의 주지. 아이들을 달래거나 울음을 그치게 할 때 갓주지에 관한 이야기를 한다 함.

아라사 러시아의 옛 이름.

글거리 풀이나 나무 또는 곡식 따위를 베고 남은 밑둥.

마을서 흉집이라고 꺼리는 낡은 집

시인은 이 작품을 통해 현재에는 사람이 살지 않는, 흉집으로 남아 있는 '낡은 집'을 주제로 한 편의 이야기를 우리에게 들려준다. 표면에 등장하지 않는 화자는 자신의 싸리말 동무였던 털보의 셋째 아들과 그 가족들이 화자와 같은 마을에 살았던 과거의 이야기와 그 가족들이 눈이 온 어느 겨울날 아침 홀연히 자취를 감춘 이야기, 털보네 가족들이 갔을 법한 곳을 추측하는 마을 어른들의 말들을 무덤덤하게 전하고 있다. 여러 인물을 등장시키고 그들의 대화까지 보여주면서 1930~40년대 어느 시골 마을에서 실제로 있었을 법한 이야기를 한 편의 소설처럼 들려주고 있다.

은동곳도 산호관자도 갖지 못한 사람들

'이 집에 살았다는 백성들은 / 대대손손에 물려줄 / 은동곳도 산호 관자도 갖지 못했니라'라는 말로써 이 집에 살았던 사람들 혹은 털보의 조상이었을지도 모르는 사람들이 경제적으로 가난했음을 보여준다. '당나귀 몰고 간 애비'가 밤이 늦도록 돌아오지 않고, '어미 분주히 일하는 방앗간'이라는 구

절들을 통해 볼 때, 그 집에 마지막으로 살았던 털보네의 경제 상황도 그리 좋지는 않았을 것이다. 털보는 당나귀나 황소에 곡식이나 콩을 싣고 다니며 곡물 거래를 하던 장사치 정도였을 것이고, 털보의 아내는 방앗간에서 힘겨운 노동으로 가족의 생계를 꾸려갔을 것이다.

털보네 셋째 아들은 나의 싸리말 동무

그 시대 부모에게 자식이 태어나고, 가족 구성원이 늘어난다는 것은 어떤 의미였을까? 조상으로부터 물려받은 땅이 많거나, 먹고사는 일에 걱정이 없는 부유한 가정이라면 새로운 가족 구성원이 생긴다는 일은 마냥 기쁜 일일지도 모른다. 하지만 낡은 집의 '안방 짓두광주리 옆에서' 태어난 화자의 동무는 축복받지 못한 탄생을 맞이한다. 오히려 동무의 아버지인 털보는 '저릎등이 시름시름 타들어가'는 불빛 아래서 소주를 마시며 앞날을 걱정한다. 털보의 이웃 아낙들도 아들보다 송아지가 낫다는 '차그운 이야기'를 수군거릴 정도로 털보네 가정은 경제적으로 힘들었던 모양이다. 화자의 동무는 갓을 쓴 스님이 와서 부모가 바라지 않은 자식을 잡아간다는 전설을 듣고는 혹시나 자기도 잡혀갈까 두려움에 떨며 자란다. 가난 때문에 마음 졸이는 아이들의 모습과 털보네의 궁핍한 생활이 너무나도 애처롭게 느껴진다.

북쪽을 향한 발자국

마침내 털보네 가족은 가난을 견디다 못해 집을 버리고 한밤중에 도주를 한다. '북쪽을 향한 발자국'은 그들이 국경을 넘어 북쪽으로 갔음을 짐작하게 한다. 그렇다면 과연 오랑캐령이나 아라사에서는 털보네 가족이 가난을 면할 수 있었을까? '무서운 곳'으로 갔을 것이라는 늙은이들의 말을 통해 털보네 가족의 삶이 북쪽을 향해 떠난 후에도 나아지지 못했으리라는 것을 어렴풋이 짐작해 볼 수 있다. 북쪽을 향해 떠난 털보네 가족조차도 무언가를 확신하고 떠난 것은 아니리라. 미래에 대한 불안, 길 위에서 겪어야 할 혹한과 굶주림, 익숙한 것들과의 결별과 새로운 것들에 대한 두려움. 북쪽을 향해 난 '떨리는 발자국'은 털보네가 느꼈으리라 짐작되는 이 모든 불안을 시각적으로 형상화한다.

이 시는……

임화에게서 시작된 단편 서사시는 서정시 속에 사건이나 인물 같은 서사적인 요소들을 끌어들여 대중이 쉽게 공감할 수 있도록 한 작품을 말한다. 뚜렷한 목적의식이 있다 보니 너무 뻔한 이야기로 흘러가거나 예술성이 떨어진다는 지적도 종종 나오지만, 서사와 서정의 요소를 결합한 새로운 형태의 시라는 점에서 그 존재 의의는 충분했다고 본다. 그리고 이용악의 시들은 이런 단편 서사시 중에서도 으뜸으로 꼽을 만하다.

총 8연으로 이루어진 이 시는 현재의 시점인 1~2연, 과거의 시점인 3~7연, 다시 현재의 시점인 8연으로 나눌 수 있다. 현재 부분은 화자의 이야기로 진행되고 있으며, 과거 부분은 화자의 어린 시절 동무와 그 가족인 털보네의 이야기로 진행된다. 마치 액자 구조의 소설을 연상시키는 이 형태는 화자가 과거를 회상하는 역순행적 구성과 맞물리면서 서사의 기본 골격을 갖추어간다. 현재의 바깥 이야기(외화) 부분은 시의 시작과 끝을 안정감 있게 잡아주며, 과거의 안 이야기(내화) 부분은 소설보다 짧은 호흡으로 이야기를 해야 하는 상황에서도 동무의 탄생부터 아홉 살 되던 해까지의 10년을 압축적으로 보여준다. 흡입력 있는 내러티브와 그 내러티브가 돋보이는 시의 형식. 이 둘은 독자가 이 시에 더 쉽게 그리고 더 깊게 몰입하도록 만들어준다.

시에 제시된 다양한 배경적 요소들이나 인물들의 말도 마찬가지로 독자의 감상을 돕는다. 동무가 태어난 '찻길이 뇌이기 전'은 동물들이 마음 놓고 뛰어다닐 수 있는 행복한 시절로, 2연의 당나귀와 둥글소가 모두 사라진 '초라한 내음새 그윽한' 현재와 자연스럽게 대비된다. 찻길로 인해 삶이 비극적으로 변하는 모습은 개항 후 일제의 치밀한 계획 아래에서 핍박받고 수탈당하는 민중의 모습과 자연스레 겹쳐져 당시 시대상을 충실히 재현해 낸다.

시에 등장하는 공간적 배경들도 마찬가지이다. 이웃 늙은이들이 털보네가 향했을 것으로 추측하는 '오랑캐령', '아라사' 같은 장소는 당시 사람들에게는 너무나 익숙한 장소였다. 그런 만큼 당시에는 이곳들과 관련된 무서운 이야기들이 도시 괴담처럼 사람들의 입에서 입으로 전해진 듯하다. 그리고 그것들은 시의 빈 여백들을 채워나간다. 4연에서 마을 아낙네들이 하는 말이 바로 그렇다. 사랑스러운 자식이 송아지보다 못한 취급을 받는 이야기, 술에 취한 털보의 붉은 눈은 소설에서 흔히들 말하는 복선과도 비슷한 효과를 자아낸다. 어디선가 들어본 것만 같은 시 속 이야기에 독자들이 알고 있는 비극적 결말들을 채워가는 과정에서 한 편의 시는 더욱 풍성해지고 깊어져 간다.

현재를 진술하는 1, 2, 8연 속 상징적 시어들은 이러한 서사적인 매력과 함께 서정적인 매력 또한 잘 담아낸다. 대대손손 물려줄 '은동곳'과 '산호

관자'가 없는 백성들은 계속 가난할 수밖에 없다. 가난한 주인공이 부유한 연인을 만나거나 맨손으로 부와 명예를 일구어내는 이야기는 현실보다 드라마에 더 가까운 것 아닐까? 역사적으로 자본 수익률은 경제 성장률보다 항상 높았다는 피케티의 말처럼 부는 부를 낳고 가난은 가난을 낳는다. 낡은 집 그리고 식민지 백성이기에 당하는 일상적인 착취. 그나마 가진 것들도 다 빼앗기고 마는 식민지 백성의 모습이 자연스레 떠오른다.

그러나 비극은 아직 끝나지 않았다. 털보네는 그 낡은 집마저 떠나야 하는 상황이다. 낡은 집이라도 있었을 땐 잠자고 몸 붙일 터전이나마 있었다. 하지만 그마저 잃고 굶주리고 핍박받는 삶에 나라 잃은 설움까지 떠안고 살아야 하는 유이민의 모습. 이보다 더한 비극이 과연 어디 있을까.

오랑캐꽃

—긴 세월을 오랑캐와의 싸홈에 살았다는 우리의 머언 조상들이 너를 불러 '오랑캐꽃'이라 했으니 어찌 보면 너의 뒷모양이 머리태를 드리인 오랑캐의 뒷머리와도 같은 까닭이라 전한다—

아낙도 우두머리도 돌볼 새 없이 갔단다
도래샘도 띳집도 버리고 강 건너로 쫓겨 갔단다
고려 장군님 무지무지 쳐들어와
오랑캐는 가랑잎처럼 굴러갔단다

구름이 모여 골짝 골짝을 구름이 흘러
백 년이 몇백 년이 뒤를 이어 흘러갔나

너는 오랑캐의 피 한 방울 받지 않었건만
오랑캐꽃
너는 돌가마도 털메투리도 모르는 오랑캐꽃
두 팔로 햇빛을 막아줄게
울어보렴 목 놓아 울어나 보렴 오랑캐꽃

싸홈 '싸움'의 옛말.

도래샘 빙 돌아서 흐르는 샘물. 도래샘물.

띳집 띠로 지붕을 이어 지은 집.

돌가마 임시로 몇 개의 돌을 고여 만든 가마.

털메투리 '메투리'는 '미투리'의 방언. 머리카락을 베어 마치 씨와 날이 서로 어긋나게 걸쳐 맞춘 신.

오랑캐꽃

사람들은 흔히들 생김새를 바탕으로 무언가에 이름을 붙이곤 한다. 특히 그 무언가가 강렬한 이미지를 띠고 있는 경우 그 이름은 더더욱 쉽게 다가오곤 한다. 예로부터 이민족의 침입을 자주 겪었던 우리 민족, 특히 국경 근처에 살던 사람들에게 오랑캐라는 명칭은 진저리가 날 정도로 강렬했을 것이다. 하지만 '너는 오랑캐의 피 한 방울도 받지 않았건만', '너는 돌가마도 털메투리도 모르는' 같은 구절처럼 꽃과 오랑캐는 실제로 별 관련이 없다. 억울하다면 참 억울할 오랑캐꽃이다.

가랑잎처럼 굴러갔단다

1연에서 시인은 역사적 사실을 배경으로 이야기를 시작한다. 그런데 뜻밖에도 우리 민족이 북방의 이민족(오랑캐)에게 받은 수난을 이야기하기보다는 '고려 장군님'의 오랑캐 정벌을 말하고 있다. '오랑캐는 가랑잎처럼 굴러갔단다'라며 가족을 돌볼 겨를도 없이, 집도 우물도 버리고 도망가는 오랑캐의 모습을 보여준다. 우리 민족의 입장에서는 오랑캐를 물리쳤다는 승리

감과 희열에 뿌듯할 수 있겠지만 바람에 나부끼는 가랑잎처럼 허겁지겁 도망치는 오랑캐들의 모습은 한편으로 측은하다는 느낌도 든다.

백 년이 몇백 년이 뒤를 이어 흘러갔나

2연의 두 행을 읽어나가다 보면 몇백 년의 시간이 훌쩍 흘러간다. 그렇게 보니 앞부분의 서사(서두)를 제외하고 보면 2연을 기점으로 과거와 현재가 나뉘는 것을 알 수 있다. 또한 전체적인 구성 역시 시간의 흐름에 맞춰 진행되고 있다는 점도 눈에 띈다. 정확한 시기를 추정할 수 없는 옛날이야기처럼 오랑캐꽃이라는 이름의 유래를 들려주는 서사는 고려 장군님의 오랑캐 퇴치 이야기인 1연으로 이어지고, 어느덧 화자가 서술하는 시점(현재)인 3연으로 이어진다. 역사는 반복된다는데 이 자그마한 꽃의 역사는 우리에게 무엇을 말하려는 것일까?

목놓아 울어나 보렴

마지막 연에서 시인은 눈앞의 오랑캐꽃에게 위로의 말을 건넨다. 이 꽃들은 오랑캐들과 피 한 방울 섞이지 않았고, 오랑캐들의 습관이나 풍속도 알 리 없으며, 그들과 아무런 관련도 없다. 하지만 이유 없이 천대받고 억울한 이 슬픈 꽃을 위해 화자는 강한 연민의 감정을 품는다. 어쩌면 화자는 이 한 송이 가냘픈 꽃에서 자기 자신의 모습을 본 것일까? 그렇기 때문에 두 팔을 벌린다고 해서 완전히 가릴 수 없는 그 햇빛을 온몸으로 막아보려 했던 것이 아닐까? 대답할 리 없는 그 꽃을 향해 마음껏 '목놓아 울어나' 보라고, 그 억울한 마음을 눈물로나 달래보라며 위로의 말을 건네는 화자의 모습은 한 송이 가냘픈 꽃만큼이나 애처롭다.

이 시는……

시인의 대표작 중 하나이기도 한 이 시는 시인에게도 남다른 사연이 있는 작품이었다. 시인은 1942년 절필을 선언하고 서울을 떠나면서 이 시를 시집으로 내놓고자 했다. 하지만 그 뜻을 이루지 못함은 물론 이듬해 봄에는 모 사건에 얽혀 함경북도 경찰부에 원고를 모조리 빼앗기기도 한다. 당시 문인들이 얼마나 어려운 환경 속에서 작품 활동을 하고 있었는지 새삼 피부로 와닿는다. 시집 《오랑캐꽃》은 우여곡절 끝에 광복 이후 1947년에 출간된다. 게다가 동명의 시 <오랑캐꽃>은 당당히 표제시의 자리까지 차지했으니, 시인에게도 의미가 남다른 작품이지 않았을까? 동료인 미당 서정주도 이 시에 대해 "망국민의 절망과 비애를 잘도 표현했다."라고 극찬했으니 말이다. 그의 말처럼 이 시에는 읽고 나서도 한참을 생각하게 만드는 지점들이 많다. 짧은 시에 숨어 있는 것들을 함께 곱씹어 보자.

우선 명명(命名), 이름을 짓는다는 것이 얼마나 중요한지 되돌아보게 한다. 4~5월에 자주색 꽃이 피는, 높이 12cm 정도의 여러해살이풀 그 자체는 소쉬르의 말을 빌리자면 기의(시니피에)가 된다. 이 물체의 본질은 바뀔 수도 없고 사라질 수도 없다. 그리고 이 물체를 부르는 이름, 즉 제비꽃과 오랑캐꽃이라는 기호는 기표(시니피앙)가 된다. 중요한 것은 이 기의와 기표 사이의 관계는 필연적이거나 합당한 이유가 있는 게 아니라는 점이다. 그저 우연히

자의적으로 결합했을 뿐이다. 그러니 이 꽃 이름이 만들어진 과정에 제비나 오랑캐와의 연결점을 찾는 것은 큰 의미가 없다. 문제는 우연히 만들어진 이 이름이 언중들 사이에서 계속 사용되면서 사회적 맥락과 의미를 만들게 된다는 점이다. 분명 같은 꽃이지만 제비꽃이라 부를 때와 오랑캐꽃이라 부를 때, 그 느낌은 사뭇 다르다. 아무래도 오랑캐꽃 쪽이 더 부정적으로 다가오는 것 같지 않은가. 본질은 하나인데 말이다. 우리가 새로 만들어내는 어떤 이름들, 아니면 계속 부르고 있는 이름들의 무게감을 생각해 보게 된다.

또 하나, 우리가 어렵게 부르는 이 이름 혹은 개념들이 사실은 정확한 기준이나 명확한 차이로 인해 구분되는 게 아니라는 점이다. 이 꽃에 붙은 오랑캐라는 개념을 생각해 보자. 도대체 오랑캐와 오랑캐가 아닌 것의 기준을 어떻게 세워야 할까? 고려 시대를 기준으로 잡아본다면 시에 언급된 것처럼 압록강과 두만강 이남과 이북 같은 지리적 기준, 돌가마나 털메투리 같이 주로 사용하는 물건들, 문화나 언어의 차이로 오랑캐를 정의할 수 있을 것이다. 하지만 조금만 더 생각해 보면 이것들은 완벽한 기준이 될 수 없다. 예를 들어 강을 넘나들며 생활하는 사람, 메투리(짚신)나 털메투리를 다 신어본 사람, 두 언어를 모두 사용하는 사람은 오랑캐인가 아닌가? 역사적 배경까지 고려한다면 상황은 더 복잡해진다. 이 시에 나온 것처럼 두만강 이

남에 살던 사람이 일제의 폭압에 쫓겨 만주로 도망갔다고 하자. 살기 위해 어쩔 수 없이 오랑캐들의 땅이라고 부르던 곳으로 갔으나 어느새 그곳에서 터전을 일구고 살게 된 조선인. 그리고 조선 땅에 주인이랍시고 들어온 일본인들. 분명 그들은 만주로 도망간 사람들을 보고 오랑캐라고 불렀을 것이다. 그렇다면 이 사람은 조선인인가 오랑캐인가?

쉽게 답을 내릴 수 있는 문제는 아닐 것이다. 그리고 조금만 더 자세히 들여다보면 현실의 다양한 문제 가운데 우리가 쉽게 답을 내릴 수 있는 것들이 많지 않음을 알 수 있다. 평상시에 큰 의미 없이 말하고 규정하던 것들에 대해 한 번쯤 다시 돌아보는 것은 어떨까? 명확한 답은 찾지 못하더라도 놓치고 있던 무언가를 발견하는 기회가 될 수 있으니 말이다.

달 있는 제사

달빛 밟고 머나먼 길 오시리

두 손 합쳐 세 번 절하면 돌아오시리

어머닌 우시어

밤내 우시어

하아얀 박꽃 속에 이슬이 두어 방울

다리 위에서

바람이 거센 밤이면
몇 번이고 꺼지는 네모난 장명등을
궤짝 밟고 서서 몇 번이고 새로 밝힐 때
누나는
별 많은 밤이 되레 무섭다고 했다

국숫집 찾아가는 다리 위에서
문득 그리워지는
누나도 나도 어려선 국숫집 아이

단오도 설도 아닌 풀벌레 우는 가을철
단 하루
아버지의 제삿날만 일을 쉬고
어른처럼 곡을 했다

장명등 대문 밖이나 처마 끝에 달아두고 밤에 불을 켜는 등.

세 번 절하면 돌아오시리

보통 돌아온다는 말은 설렘이나 기쁨을 동반하기 마련이다. 그러나 시 제목처럼 제사를 지내고 있는 상황에서 돌아오는 것은 조상의 혼일 것이고, 어머니가 우는 상황으로 보아 돌아오길 바라는 그 혼은 아버지의 혼이리라. 아버지의 제삿날. 어머니를 제외한 다른 사람들의 감정은 나타나 있지 않지만, 어쩐지 공간을 가득 메운 슬픔이 느껴진다. 또한 보통 두 번 절하는 유교식 제사와는 다르게 불교식 제사에서는 세 번 절한다. 절할 때마다 되뇔 슬픔이 더 크게 느껴지는 듯하다.

하아얀 박꽃 속에 이슬이 두어 방울

박꽃을 앞에 등장하는 어머니로 연결하는 건 어렵지 않다. 서민들의 생활과 밀접한 박의 꽃이자 흔히 우리 민족을 상징할 때 쓰이는 하얀색. 하얀 박꽃은 어머니를 닮기도, 소박하고 평범한 우리 여인네들의 모습을 닮기도 한 듯싶다. '우시어'의 반복은 두어 방울의 이슬로 연결된다. 두어 방울이라고 슬픔의 양이 적다는 표현은 아닐 것이다. 아버지 없이 가장으로 생계를 이

끌어가며 겪는 슬픈 일이야 말해 무엇하겠는가. 제삿날이 아니면 운다는 생각조차 할 수 없는 퍽퍽한 삶의 모습이 떠오른다.

별 많은 밤이 되레 무섭다고

별 많은 밤은 아름다워야 할 것 같은데 어린 누나는 밤이 무섭다고 한다. 순수한 어린아이조차 별을 아름답다고 느끼지 못할 정도의 상황이란 어떤 것일까. 그만큼 밤이 두려운 걸까. 바람이 거센 밤이라는 표현까지 더해지니 일제강점기 말기인 당시 시대 상황과 자연스럽게 연결된다. 가난과 굶주림만으로도 이미 충분히 힘든 삶일 터. 거기에 일제의 억압적인 행위들까지 더해지니 어린아이들에게도 자고 일어난 다음 날이 두려운 게 아니었을까.

아버지의 제삿날만 일을 쉬고

돌아가신 아버지의 제삿날 일을 쉬는 것은 당연해 보인다. 물론 어린아이들이 어머니의 국숫집 일을 도울 수밖에 없는 퍽퍽한 현실이 슬프긴 하지만 당시에는 흔한 일이었으리라. 그런데 앞 구절을 보면 제삿날 단 하루를 제외하고는 국숫집이 쉬는 날은 없었던 것 같다. 단오나 설에도 쉬지 못하고 일을 해야만 생계가 유지되는 상황. 어머니야 그렇다 하더라도 명절 기분도 내지 못한 채 일을 도와야 하는 아이들의 서글픔은 더 컸으리라. 철이 빨리 들어버린 아이들의 모습이 안타깝게 느껴진다.

이 시는……

이 두 작품은 시집 《오랑캐꽃》(1947)에 실려 있는 작품으로 <달 있는 제사>는 1941년 12월, <다리 위에서>는 1942년 4월에 발표되었다. 물론 시는 각각 한 편으로 감상하고 이해하는 것이 기본이다. 하지만 비슷한 시기에 쓰인 작품들을 함께 읽음으로써 각각의 시에 대한 해석을 더욱 풍성하게 할 수 있다.

<달 있는 제사>에서 '달'이 의미하는 바는 무엇일까. 왜 하필 달이 '있는' 제사여야 했을까. 제삿날이 돌아올 때마다 항상 하늘이 맑으리라는 보장은 없지 않은가. 구름에 가려도 달은 하늘에 존재하니 '달빛 밟고 머나먼 길 오시리'라는 표현처럼 달을 이승과 저승을 잇는 통로나 신령스러운 존재로 해석할 수도 있겠다. 그럼에도 여전히 석연치 않은 구석이 있어 이 시를 <다리 위에서>와 함께 읽기로 했다.

<다리 위에서>에서 주목한 시어는 '장명등'이다. 밤에 불이 들어와 있는 장명등은 지금으로 말하면 현재 '영업 중'임을 알리는 간판 같은 역할을 했다. 그래서 화자와 그의 누나는 장명등이 꺼지지 않도록 관리해야 했던 것 같다. 특히 바람이 거센 날이면 수시로 나와 꺼진 장명등을 켜면서 말이다.

캄캄한 밤에 국숫집이 있음을 알리는 장명등은 지나가는 사람들에게 기쁨과 반가움을 불러일으켰을 테다. 그리고 화자와 가족들에게는 이 등이 켜

져 있어야 손님이 찾아오고 생계가 유지될 수 있었기에 생명의 등불과도 같았을 것이다. 그러니 밤이 무서운 어린 누나도 어른스럽게 맡은 일을 잘 해냈을 터이다. 단순히 등에 불을 켜는 게 아닌 가족의 삶을 유지해 주는 희망의 빛을 밝히는 일이니 말이다. 참 대견한 모습이건만 등에 불을 켜기 위해 궤짝을 밟고 올라가야만 하는 어린 누나의 모습은 마음 한구석을 시큰거리게도 한다.

'장명등'이 현실적인 희망의 빛이듯 <달 있는 제사>에서의 '달빛' 역시 마찬가지이다. 죽은 아버지가 달빛과 함께 머나먼 길을 돌아올 것 같은 제삿날로 표현되었지만 사실 죽은 사람이 살아 돌아올 거라는 기대는 아무도 하지 않는다. 다만 어머니에게 이날은 없어서는 안 될 날이었을 것이다. 휴일 없이 바삐 살 수밖에 없는 팍팍한 현실 속에 단 하루, 이날만큼은 어머니도 쉴 수 있었다. 물론 제사 준비하랴 음식 장만하랴 어머니에게는 더 바쁜 날이었을지도 모른다. 하지만 이날 하루만큼은 돈 벌 걱정을 하지 않아도 되는 날, 아이들이 일하는 모습을 보지 않아도 되는 날, 제사 음식이 있으니 아이들 먹을 걱정 안 해도 되는 날이다.

그렇게 한숨 돌리고 삶의 이유를 찾을 수 있는 시간. 올 한 해도 잘 버텨냈다고, 앞으로도 잘 버텨내겠다고 혼자 되뇌는 시간. 마음속에 쌓였던 응어

리들을 밤새 울며 다 씻어 보내고, 다음 날 다시 장사하러 가는 어머니의 모습에서 하얀 박꽃의 모습이 겹치는 듯하다.

전라도 가시내

알룩조개에 입 맞추며 자랐나
눈이 바다처럼 푸를뿐더러 까무스레한 네 얼굴
가시내야
나는 발을 얼구며
무쇠 다리를 건너온 함경도 사내

바람 소리도 호개도 인전 무섭지 않다만
어두운 등불 밑 안개처럼 자욱한 시름을 달게 마시련다만
어디서 흉참한 기별이 뛰어들 것만 같애
두터운 벽도 이웃도 못 미더운 북간도 술막

온갖 방자의 말을 품고 왔다
눈포래를 뚫고 왔다
가시내야
너의 가슴 그늘진 숲속을 기어간 오솔길을 나는 헤매이자
술을 부어 남실남실 술을 따르어
가난한 이야기에 고이 잠거다오

네 두만강을 건너왔다는 석 달 전이면
단풍이 물들어 천 리 천 리 또 천 리 산마다 불탔을 겐데
그래두 외로워서 슬퍼서 초마폭으로 얼굴을 가렸더냐
두 낮 두 밤을 두루미처럼 울어 울어
불술기 구름 속을 달리는 양 유리창이 흐리더냐

차알삭 부서지는 파도 소리에 취한 듯
때로 싸늘한 웃음이 소리 없이 새기는 보조개
가시내야
울 듯 울 듯 울지 않는 전라도 가시내야
두어 마디 너의 사투리로 때아닌 봄을 불러줄게
손때 수집은 분홍 댕기 휘휘 날리며
잠깐 너의 나라로 돌아가거라

이윽고 얼음길이 밝으면
나는 눈포래 휘감아 치는 벌판에 우줄우줄 나설 게다
노래도 없이 사라질 게다

자욱도 없이 사라질 게다

얼구다 '얼리다'의 방언.

호개 승냥이.

인전 이제는.

술막 주막.

방자 저주하거나 음해함. 또는 그런 방술을 쓰는 일.

눈포래 눈보라.

초마폭 '치마폭'의 옛말.

불술기 '기차'의 함경북도 방언.

수집다 '수줍다'의 옛말.

전라도 가시내

전라도 가시내의 이미지는 신비롭다. '알룩조개', '바다처럼 푸른 눈', '까무스레한 얼굴'은 묘한 매력을 지니고 있다. 아마도 이 여인의 고향은 한반도의 가장 남쪽 전라도 지역의 한 바닷가일 것이다. 여인은 단풍이 온 산을 물들인 석 달 전 어느 가을, 이틀 밤낮을 걸려 북간도의 한 주막에 도착했을 것이다. 전라도가 고향인 여인이 왜 북간도까지 왔는지 구체적으로 알 수는 없으나 지금은 '술막'에서 술과 웃음을 판다. 우는 것인지 웃는 것인지 알 수는 없으나 가끔씩 새겨지는 보조개가 너무도 차갑게 느껴진다.

함경도 사내

함경도 사내의 이미지는 강인하다. 사내는 꽁꽁 언 발로 북간도 지방의 겨울 눈보라를 뚫고 두만강을 건너왔다. 이제는 더 이상 눈보라를 휘몰아치던 바람 소리도, 호시탐탐 먹잇감을 노리던 승냥이 무리도, 마음속에 도사린 안개처럼 자욱한 시름들도 겁내지 않는다.

흉악하고 참혹한 소식이 들려와도 이상할 것 없는, 그래서 두터운 벽도 사람들도 못 미더운 북간도의 한 주막이지만, 함경도 사내는 전라도 가시내를 앞에 두고 앉아 두런두런 이야기를 나누며 술잔을 기울이며 객수를 달래고 있다.

잠깐 너의 나라로 돌아가거라

'그늘진 숲속'처럼 어둡게 살아왔던 전라도 가시내의 삶. 수천 리나 되는 그 머나먼 길을 치마폭에 얼굴을 감싸고 두루미처럼 울고 울면서 북간도 어느 주막까지 왔을 전라도 가시내의 사연에 함경도 사내는 연민의 감정을 품는다.

전라도가 고향인 여인과 함경도가 고향인 사내에게 북간도의 주막은 낯선 공간이다. 낯선 공간 속 두 이방인은 어렵지 않게 깊은 유대감을 형성한다. 이윽고 함경도 사내는 전라도 가시내에게 마치 친누이에게 하는 것처럼 '가시내야', '전라도 가시내야' 하고 다시 한번 불러보며 그 여인이 가진 그늘진 숲을 함께 걸어가고자 한다. 마침내 그녀의 불행이 자기 것이 되어버린 함경도 사내는 두어 마디 그녀에게서 배운 전라도 사투리를 섞어가며 그녀에게 봄처럼 따뜻한 위로를 건넨다.

얼음길이 밝으면

함경도 사내와 전라도 가시내의 만남은 잠시 동안의 일이다. 한반도 남쪽 끝 출신의 여인과 북쪽 끝 사내의 북간도 주막에서의 만남은 극적인 만남인 동시에 일회적이고 우연한 만남이다. 사내는 얼음길이 밝으면 '노래도 자욱도 없이 사라질 것'이라고 말한다. 누군가는 이 구절을 두고 망국민의 비극적인 상황 그 자체이며, 절망적인 부평전봉(살 도리가 없어서 정처 없이 떠다니는 낙오된 신세)이라고도 한다.

하지만 이 시의 화자인 함경도 사내는 얼음길을, '눈포래 휘감아 치는 벌판'을 '우줄우줄' 나서고자 한다. 그렇다면 함경도 사내는 어쩌다 홀로 두만강을 건너 북간도까지 오게 됐을까? 조금 과감한 해석을 해보자면 함경도 사내를 눈보라와 얼음길 들판으로 이끈 것은 아마도 암울한 현실을 극복해 보려는 투철한 역사 인식이 아니었을까. 비록 하룻밤의 짧은 만남이지만 전라도 가시내와의 공감과 그녀를 향한 위로가 오히려 함경도 사내를 북간도로 이끈 그 의지를 더 굳건하게 만든 것은 아니었을까. 함경도 사내는 자신이 걸어가야 할 그 길이 비록 얼음길이라 하더라도, 그래서 결국에는 치열한 역사의 현장 속에서 '노래도 없이', '자욱도 없이' 사라질 운명임을 스스로 알고 있으면서도, '우줄우줄' 그 길을 걸어가겠다는 결연한 의지를 다진 게 아니었을까.

이 시는……

가시내라는 표현은 최근 들어 점점 보기가 어려워졌다. 계집아이의 방언인 탓도 있겠지만 여자아이를 낮춰 부르는 의미가 담겨 있다 보니 일상생활에서 사용하는 빈도가 줄어든 것이리라. 그런데 이 시에서는 그 분위기로 보아 비속어의 의미보다는 친근함을 나타내는 표현에 더 가까운 듯싶다. 외국에서는 그저 같은 한국 사람을 만나기만 해도 반가운 마음이 드는데, 그 사람이 내 고향 사투리로 친근한 마음을 담아 불러준다면 어떤 기분이 들까? 그 순간만큼은 고향에 돌아온 것만 같은 기분이 들지 않을까. 게다가 시 속 여인은 한반도의 남쪽 끝 고향에서 머나먼 북간도 지역까지 여러 복잡한 사정을 겪으며 온 듯 보이니 가시내라는 말을 들은 것만으로 울컥한 마음이 드는 건 어찌 보면 당연하다. 살면서 한 번도 만날 일 없을 것 같았던 전라도 여인과 함경도 사내의 북간도 술막에서의 만남. 두 사람을 자세히 살펴보면 시의 이야기가 자연스레 그려진다.

전라도 가시내의 상황은 너무나 비극적이다. 적어도 그녀는 단풍이 물든 고향을 떠나 북간도로 오고 싶었던 것 같지는 않다. 두 낮 두 밤을 펑펑 울며 기차 창밖으로 비치는 낯선 풍경을 보며 얼마나 두려웠을까. 가족과 떨어져 기댈 곳이라고는 전혀 없는 공간에서의 새로운 생활. 어떻게든 살아남아 고향으로 돌아갈 생각뿐이었을 그녀에게는 마음을 굳게 닫고 주변 모든 것들을 경계하는 게 당연하지 않았을까. 그러니 함경도 사내의 위로도 그늘진 숲속의 오솔길을 헤매듯 가슴 깊숙한 곳까지 다가갈 수는 없다. 위로의 마음이야 고맙다 치더라도 현재의 이 비극적 상황을 해결해 줄 방법은 없는 듯 보인다. 두터운 벽도 이웃도 믿을 수 없는 이곳에서 전라도 가시내는 싸늘한 웃음을 짓는 것 말고는 아무것도 할 수 없다. 꿈에나 잠깐 고향으로 돌아갈 수 있으려나. 전라도 남쪽 따뜻한 마을이 고향인 그녀에게 북간도는 몸도 마음도 시리디 시린 공간일 뿐이다.

전라도 가시내가 고향에서 멀리 떠난 유이민으로, 아무것도 할 수 없는 좌절과 비참함의 모습을 대표한다면, 함경도 사내는 같은 유이민이더라도 상황이 조금 다르다. 지리적으로 함경도는 북간도에서 영영 돌아갈 수 없을 정도로 먼 곳이 아니다. 또 기후나 문화적인 면에서도 전라도 사람이 느끼는 것보다는 훨씬 친근한 부분이 많을 터이다. 그래서인지 사내는 본인의 의지로 눈보라를 뚫고 무쇠 다리를 건너 북간도에 올 수 있었다. 바람 소리도 호개도 무섭지 않은 그이기에 남실남실 따른 술과 함께 그녀를 위로할 수 있다. 다만 어디서 흉참한 기별이 뛰어들지 모르는 북간도의 위태로운 상황에서는 그것 말고는 해줄 수 있는 일이 없다. 그녀와 계속 정서적 교감을 이어갈 수도 없고, 물질적으로 그녀의 상황을 해결해 줄 수도 없다. 그러니 이 짧은 하루가

지나면 그는 다시 눈보라 휘감아 치는 벌판을 나서 노래도 자욱도 없이 사라질 것이다. 어떤 흔적도 남기지 않고 사라지는 그의 모습은 이곳에 다시는 돌아올 수 없음을 보여주는 게 아닐까.

사라진 그가 고향으로 돌아갈지 아니면 북간도 더 깊은 곳이나 아라사(러시아) 땅으로 갈지는 아무도 모른다. 확실한 건 그의 모습에서는 전라도 가시내와 달리 자신의 의지랄 게 느껴지긴 한다. 하지만 그 역시 목적지 없이 떠도는 유이민일 뿐이다. 고향을 떠나 낯선 땅에 정착했지만 아무것도 할 수 없는 유이민과 제 발로 어디든 갈 수 있으나 목적지가 없는 유이민. 어느 쪽이 더 비참하다고 해야 할지 모르겠다.

두메산골 1

들창을 열면 물구지떡 내음새 내달았다
쌍바라지 열어제치면
썩달나무 썩는 냄새 유달리 향그러웠다

뒷산에두 봊나무
앞산두 군데군데 봊나무

주인장은 매사냥을 다니다가
바위틈에서 죽었다는 주막집에서
오래오래 옛말처럼 살고 싶었다

쌍바라지 좌우로 열고 닫게 되어 있는 두 짝의 덧창.

두메산골 2

아이도 어른도
버섯을 만지며 히히 웃는다
독한 버섯인 양 히히 웃는다

돌아 돌아 물곬 따라가면 강에 이른대
영 넘어 여러 영 넘어가면 읍이 보인대

맷돌 방아 그늘도 토담 그늘도
희부옇게 엷어지는데
어디서 꽃가루 날러오는 듯 눈부시는 산머리

온 길 갈 길 죄다 잊어버리고
까맣게 쓰러지고 싶다

두메산골 3

참나무 불이 이글이글한
오지 화로에 감자 두어 개 묻어놓고
멀어진 서울을 그리는 것은
도포 걸친 어느 조상이 귀양 와서
일삼던 버릇일까
돌아갈 때엔 당나귀 타고 싶던
여러 영에
눈은 내리는데 눈은 내리는데

오지 붉은 진흙으로 만든 그릇에 반들반들해지는 잿물을 발라 다시 구운 그릇.

두메산골 4

소곰토리 지웃거리며 돌아 오는가

열두 고개 타박 타박 당나귀는 돌아 오는가

방울소리 방울소리 말방울소리 방울소리

소곰토리 소금 가마(가마니).

물구지떡 내음새 내달았다

<두메산골 1>은 여러 냄새로부터 시작된다. 화자는 '무릇'이라는 산나물로 만든 '물구지떡 내음새'로 시작해 창문을 열었을 때 은은하게 퍼지는, 오래 묵어 썩어가는 나무의 향기로운 냄새가 난다고 말한다. 그리고 시선을 옮겨 주위를 둘러본다. 앞·뒷산에는 함경도에서 '봊나무'로 불리던 자작나무가 심어져 있다. 하얀색 나무껍질을 아름답게 드러내며 서 있는 자작나무. 이국적인 분위기와 함께 북쪽 산골의 풍경을 선보이고 있다.

꽃가루 날려오는 듯 눈부시는 산머리

<두메산골 2>에 등장하는 세 번째 연도 흥미롭다. '맷돌방아'나 '토담'은 산골의 풍경을 보여주는 시적 장치이다. 그런 풍경들이 스쳐 지나가듯 보이는데 갑자기 멀리서 꽃가루가 날아오듯이 산머리가 다가온다. 정적인 이미지의 산머리가 눈앞에 꽃가루처럼 다가오는 모습은 기묘하기도 하고 한편으론 전혀 어울리지도 않아 보이지만 이 이질적인 비유가 우리의 감각에 낯설고도 신선한 자극을 준다. 두메산골의 모습을 마치 눈앞에서 보고 있는 듯

한 강렬한 감각으로 말이다.

눈은 내리는데 눈은 내리는데

<두메산골 3>의 계절적 배경은 추운 겨울이다. 참나무 숯이 빨갛게 타오르는 화로에 감자 몇 개를 묻어놓고 앉아서 화자는 떠나온 서울을 그리워한다. 겨울 두메산골의 고립감을 나타내기에 가장 좋은 소재가 바로 눈 아닐까. 온 산을 뒤덮은 하얀 눈은 멋진 풍경이긴 하지만 고립무원의 이미지를 우리에게 보여주기도 한다. 서울을 향하는 화자의 마음과는 달리 하늘에서는 하염없이 눈이 내린다. '여러 영에 / 눈은 내리는데 눈은 내리는데' 이 구절을 가만히 읊노라면, 첩첩산중에 눈이 내리는 평화로운 풍경과 함께 세상과는 단절된 고독감이 밀려드는 것만 같다.

소곰토리 지웃거리며

짧고 간결하지만 리드미컬한 말방울소리와 함께 북방의 풍경을 오롯이 담고 있는 <두메산골 4>는 두메산골 연작 중에서도 회화성과 음률감이 단연

돋보이는 작품이다. 한 편의 시조를 닮아 있는 이 시는 1행은 3음보의 율격으로 2~3행은 4음보의 율격으로 읽힌다. 시어의 선택에서도 운율감을 신경 쓴 흔적이 역력한데, '소금토리'나 '지웃거리며'가 바로 그러하다. '소금 가마니'나 '기웃거리며' 대신 토속적인 분위기를 물씬 풍기는 위의 시어들은 '돌아오는가'의 반복과 함께 안정적인 운율감을 형성한다.

'지웃거리며'는 육중한 무게감과 경쾌한 출렁거림이 조화를 이룬 '기웃거리다'의 함북 방언이다. 당나귀의 등에서 양쪽으로 기울어지고 올라가고를 되풀이하는 소금 가마니는 고갯길을 타박타박 걷는 걸음걸이와 장단을 맞추고 있다. 거기에 맑고 청명한 방울소리까지 더해지니, 두메산골의 정경이 마치 눈앞에 펼쳐져 있는 듯한 착각이 들기도 한다.

방울소리 방울소리 말방울소리 방울소리

소리가 공중에서 퍼져가는 모습은 어떨까? 고갯길을 타박타박 걷고 있는 당나귀의 방울 소리는 보고 싶어도 볼 수 없는 게 당연하다. 하지만 시인은 이 소리를 마치 눈에 보이는 것처럼 표현해 두었다. 당나귀가 한 고개 한 고개를 넘을 때마다 목에 달린 방울 소리가 커졌다 작아졌다 했을 것이다. 그

리고 그 소리는 열두 고개의 형상을 더할 나위 없이 감각적으로 표현해 준다. 특히 '방울소리'라는 표현만 계속 반복되었다면 밋밋하게 느껴질 수도 있는 부분을 의도적으로 변용해 '말방울소리'라 했다. 강약의 완급을 조절하며 소리를 마치 눈에 보이는 것처럼 나타낸 이 표현은 언어를 통해 감각을 일깨우는 시인의 탁월한 능력이 한껏 돋보인 부분이라 할 수 있겠다.

이 시는ººº ººº

사람은 누구나 마음 한편에 자연을 지향하고자 하는 욕구가 있다. 도시의 온갖 소음과 번잡함에 질릴 때쯤 그 모든 것들이 없는 곳을 한 번씩 꿈꾸어 보기도 한다. 하지만 막상 그곳에서 세상과의 인연을 끊어버리고 오랜 기간 살아야 한다면 이런저런 생각이 들기 마련이다. 인간은 사회적 동물이기 때문에 세상과 단절된 삶을 살게 되면 고독감과 외로움을 느낄 수밖에 없다.

그 사실은 예나 지금이나 변함이 없다. 몇 년간의 시차를 두고 완성된 이 연작시에서도 시인의 그러한 갈등을 엿볼 수 있다. <두메산골 1>에서 화자는 '주인장은 매사냥을 다니다가 / 바위 틈에서 죽었다는 주막집에서 / 오래오래 옛말처럼 살고 싶었다'라 말하며 자연 속에서 아무 욕심 없이 사는 소박한 삶을 꿈꾼다. 하지만 <두메산골 2>에서는 다른 공간으로 시선을 돌린다. 화자의 시선은 물곬을 따라 강에 이르며 여러 영을 넘어 읍에 닿는다. 두메산골에서 벗어나고픈 심정을 드러내는 동시에 모든 것을 잊고 쓰러지고픈 복합적인 심경을 드러낸다. <두메산골 3>에서 화자는 자신을 귀양살이 온 선비라 여긴다. 언젠가는 부름을 받고 '당나귀 타고' 다시 서울로 돌아갈 날을 기다리며 두메산골에서 벗어나고픈 심정을 구체화한다. 서울은 예전이나 지금이나 정치·경제·사회의 중심지이면서 동시에 지극히 현실적인 공간이다. 고향과 서울, 자연에서의 삶과 속세를 지향하고픈 마음의 갈

등은 시인만의 문제가 아닌 이 세상을 살아가는 모두의 고민은 아닐까.

네 편의 연작시는 이용악의 시라기에는 어쩐지 조금 낯선 느낌도 든다. 연작시를 많이 창작하지 않은 시인이라는 점에서 그렇기도 하고, 또 우리가 흔히 시인을 말할 때 떠올리는 현실의 이야기나 문제의식을 담은 시나 서사시와 결이 달라서이기도 할 것이다. 마치 의도적으로 자신의 색깔을 지우고 서정성이 가득한 시를 쓰겠다는 마음으로 창작한 작품인 것만 같다.

이 연작시의 창작 시기는 시인이 대학을 졸업하고 귀국해 서울 인문사에 편집기자로 입사하는 시기와 맞물린다. 일제강점기 말, 서울의 혹독한 상황은 시인으로 하여금 자신의 창작 방향을 고민하게끔 만들었을까? 그런 맥락에서 보면 두메산골과 서울로 대비되는 구조도 조금 다르게 보인다. 일제의 강압 없이 자신이 원하는 시를 편하게 창작할 수 있는 곳이 두메산골이고, 일제의 검열을 받으며 시대의 현실과는 관련 없는 서정적인 시만 창작해야 하는 곳이 서울이라면 '온 길 갈 길 죄다 잊어버리고 / 까맣게 쓰러지고 싶다'라는 시인의 말은 무척이나 시인다운 표현처럼 느껴진다. 두메산골에 숨어버릴 수도 없고 그렇다고 서울에서 일제의 입맛에 맞는 작품들만 쓸 수도 없는 고민의 순간들이 이 네 편의 연작시를 만들어낸 것은 아닐까. 이 네 편의 연작시를 통해 시인의 새로운 모습을 찾아낸 것만 같다.

하나씩의 별

무엇을 실었느냐 화물열차의
검은 문들은 탄탄히 잠겨졌다
바람 속을 달리는 화물열차의 지붕 위에
우리 제각기 드러누워
한결같이 쳐다보는 하나씩의 별

두만강 저쪽에서 온다는 사람들과
쟈무스에서 온다는 사람들과
험한 땅에서 험한 변 치르고
눈보라 치기 전에 고향으로 돌아간다는
남도 사람들과
북어 쪼가리 초담배 밀가루 떡이랑
나눠서 요기하며 내사 서울이 그리워
고향과는 딴 방향으로 흔들려 간다

푸르른 바다와 거리거리를
설움 많은 이민열차의 흐린 창으로

그저 서러이 내다보던 골짝 골짝을
갈 때와 마찬가지로
헐벗은 채 돌아오는 이 사람들과
마찬가지로 헐벗은 나요
나라에 기쁜 일 많아
울지를 못하는 함경도 사내

총을 안고 뽈가의 노래를 부르던
슬라브의 늙은 병정은 잠이 들었나
바람 속을 달리는 화물열차의 지붕 위에
우리 제각기 드러누워
한결같이 쳐다보는 하나씩의 별

쟈무스 중국 쑹화강 상류, 러시아와의 국경 가까이에 있는 도시.

이민열차 일본의 만주 침략이 본격화되면서, 일제의 '조선인 만주 이민의 정책적 실현'을 위해 조선 유이민들을 대규모로 실어 나르던 열차.

뽈가 볼가강. 러시아 서부를 남쪽으로 흐르는 유럽 제일의 강.

하나씩의 별

한 편의 시를 감상하기에 앞서 그 작품이 쓰인 배경이나 작가의 생애에 대한 이해가 반드시 수반되어야 하는 건 아니지만 이 작품에 한해서만은 그래야 할 듯싶다. 이 작품은 일제강점기 고향을 떠났던 유이민들이 해방을 맞아 고향이나 서울 등으로 돌아오고 있는 모습을 그리고 있다. '화물열차의 지붕 위에 / 제각기 드러누워 / 한결같이 쳐다보는 하나씩의 별'이라는 구절은 여객열차가 아닌 화물열차의 지붕에 탈 만큼 가난한 사람들의 모습을 보여준다. 고향으로 돌아가는 그들 각자의 마음에는 저마다 하나씩의 희망을 품고 있는 듯 보인다. 모두들 저마다의 눈에 비친 '하나씩의 별'을 바라보고 있기 때문이다.

두만강 저쪽에서 온다는 사람들

조국 밖을 떠돌다가 돌아오는 사람들로 가득한 열차 지붕 위. 두만강을 건너 만주 땅에서 돌아온다는 사람들, 중국 동북부 쑹화강변의 도시 자무스에서 돌아오는 길이라는 사람들, 그 험한 타향에서 숱한 어려움을 겪고 눈보라가

몰아치기 전에 고향으로 돌아간다는 남도 사람들……. 이렇게 다양한 사람들이 열차의 지붕에 누워 조국으로 돌아오고 있다. 고향을 떠난 이유야 제각각이겠지만 지금 이 사람들이 가장 원하는 것은 고향의 모습을 눈으로 직접 보는 게 아닐까? 그렇게 다들 고향을 향해 돌아가고 있는데, 화자는 그들과는 달리 고향을 떠나 서울로 향하고 있다.

헐벗은 채 돌아오는 이 사람들

쫓기듯 고향을 떠나 이민열차에 오르던 기억이 생생하건만, 열차를 타고 고향으로 돌아가는 지금까지도 그들은 여전히 가난하다. '갈 때와 마찬가지로 헐벗은 채 돌아오는 이 사람들'에 그러한 실상이 여실히 드러나 있다. 화자가 말하는 '나라의 기쁜 일'은 해방과 귀국을 의미할 것이다. 이 자체는 분명 기쁜 일이지만, 화자는 또한 울고 싶은 마음도 함께 말하고 있다. 일제강점기이든, 해방이 되었든 이들의 삶은 크게 나아진 게 없다. 사람들이 타는 칸에 타지 못하고, 화물열차의, 그것도 열차의 지붕을 타고 귀국하는 사람들의 삶은 여전히 고통스럽다.

슬라브의 늙은 병정

마지막 연에서는 1연과 짝을 이루어 하나씩의 별을 보는 사람들을 다시 한 번 언급하며 시를 마무리하고 있다. 그러면서 귀국하는 유이민들과 함께 우리나라로 들어오는 한 무리의 다른 사람들을 잠깐 보여준다. '총을 안고 뽈가의 노래를 부르던 / 슬라브의 늙은 병정은 잠이 들었나'라는 구절로 볼 때, 화자와 유이민들이 타고 있는 열차는 소련(러시아)군의 화물열차임을 알 수 있다. 문득 1연의 '무엇을 실었느냐 화물열차의 / 검은 문들이 탄탄히 잠겨졌다'라는 첫 두 행이 그저 이 시의 단순한 배경이 아닐지도 모른다는 생각이 든다. 값비싼 물건 혹은 총을 들고 지켜야 하는 그 무엇이 사람들을 열차의 지붕으로 내몰고, 검은 문들로 하여금 탄탄히 잠기도록 한 것은 아닐까. 유이민들에게 들어갈 수 없도록 굳게 잠긴 화물열차의 '검은 문들'이란 어쩌면 해방이 되었어도 여전히 굳게 닫혀 있는 차갑고 폐쇄적인 세상을, 그리고 조국의 현실을 상징하는 것이 아니었을까.

이 시는……

우리 주위의 수많은 별들은 유순한 양떼처럼 소리 없는 운행을 계속하고 있었습니다. 나는 그 별들 가운데에서 가장 아름답고 빛나는 별 하나가 길을 잃고 내려와 내 어깨에 머리를 기댄 채 잠들어 있다고 생각했습니다.

알퐁스 도데의 소설 <별>의 마지막 부분이다. <별>이라 하면 스테파네트 아가씨를 향한 목동의 순수한 사랑이 생각날지 모르겠다. 밤하늘에 아름답게 수놓아져 있는 모습 때문인지 별은 대개 아름다움을 나타내거나 소원을 빌 수 있는 이상적인 대상을 의미하는 경우가 많다. 사람마다 자신의 별을 수호성으로 가지고 있다고 생각하기도 하니, 제각기 드러누워 하나씩의 별을 쳐다보는 풍경은 얼핏 아름다워 보이기도 한다. 해방 소식 그리고 고향으로 돌아가는 열차 지붕 위에서 바라보는 밤하늘과 아름다운 별. 설레는 마음으로 가득해야 할 것 같지만 시를 읽어갈수록 이러한 기대감은 조금씩 깨지기 시작한다.

저마다의 이유로 이민열차를 타고 떠났던 유이민들은 이제 각자의 고향으로 돌아가고 있다. 험한 땅에서 어떻게든 살아남은 사람들이기에 고향으로 돌아간다는 사실 하나만으로도 우선은 기쁘다. 그런데 돌아가는 그들의 모습은 금의환향과는 거리가 멀어 보인다. 헐벗은 채 돌아간다는 표현이나 기차 좌석 한 칸 구하지 못하고 지붕 위에서 찬 바람을 맞으며 가는 모습은 이민열차의 모습과 목적지만 다르지 떠날 때와 큰 차이가 없어 보이기까지 한다. 밤하늘의 별을 쳐다보면서 사람들은 과연 행복하기만 했을까? 아니, 그들은 이미 너무나도 잘 알고 있었다. 가진 것 하나 없이 고향에서 새로 터전을 일구려면 그 과정 역시 호락호락하지 않으리라는 것을 말이다. 정적 속에 누워 별을 바라보는 이들의 마음속에는 행복감보다는 불안한 마음이 더 크지 않았을까.

함경도 사내인 화자 역시 마냥 행복해 보이지는 않는다. 시인 자신의 모습이라고도 할 수 있는 사내는 해방의 기쁨을 앞에 두고도 기쁨의 눈물을 흘리지 못한다. 그 역시도 별을 바라보면서 여러 고민이 들었던 건 아닐까. 이는 실제 시인의 상황과도 겹쳐지는데, 여러 사정으로 인해 귀향했던 시인은 고향에서도 그리 마음 편히 지내지는 못한다. 계속되는 일제의 감시 아래 여러 번 끌려가 고문을 당하기도 하고, 어쩔 수 없었다고는 하나 친일 성향을 띠는 작품을 내놓은 전적이 있었으므로 육체적으로나 정신적으로 힘들었을 것이다. 더군다나 아무것도 준비하지 못한 채 갑작스럽게 맞이한 해방은 그에게 당혹감과 불안을 느끼게 했을 터였다. 다시 서울에서 작가로서

이름을 날릴 수 있을지, 돈을 벌 곳을 찾을 수 있을지, 혹 친일 행적이 발목을 잡지는 않을지, 정치적으로는 어떤 입장을 취해야 할지 등 고민은 끝이 없었을 것이다. 흔들리는 기차처럼 이리저리 요동치는 마음을 다잡으며 별을 바라보고 있는 화자의 모습은 시인의 모습과 겹쳐 안타까움을 자아낸다.

하나씩의 별을 바라보며 누군가는 설렘과 행복을 느끼기도, 누군가는 걱정과 불안함을 느끼기도 했을 것이다. 중요한 것은 하늘의 별이 항상 아름답거나 항상 불행할 수는 없다는 사실 아닐까. 복잡한 인간사처럼 하늘의 별도 복잡한 이야기를 담고 있을 테니 말이다.

그리움

눈이 오는가 북쪽엔
함박눈 쏟아져 내리는가

험한 벼랑을 굽이굽이 돌아간
백무선 철길 위에
느릿느릿 밤새어 달리는
화물차의 검은 지붕에

연달린 산과 산 사이
너를 남기고 온
작은 마을에도 복된 눈 내리는가

잉크병 얼어드는 이러한 밤에
어쩌자고 잠을 깨어
그리운 곳 차마 그리운 곳

눈이 오는가 북쪽엔

함박눈 쏟아져 내리는가

백무선 함경북도 길주와 혜산진을 잇는 길혜선의 중앙부 최고 등어리인 백암역을 기점으로 하여, 두만강의 삼림지대를 횡단하여 무산에 이르는, 전장 188킬로미터의 철도.

그리움

그리움이라는 말은 다양한 색을 가지고 있는 것 같다. 누군가에겐 사랑하는 연인의 애틋한 눈빛일 수도 있고, 생각만으로도 포근하게 느껴지는 고향의 풍경일 수도 있고, 이국적인 도시의 푸른 하늘빛일 수도 있고, 혹은 지엄하면서도 근엄한 절대자의 아우라일 수도 있을 것이다. 그래서 이 그리움이라는 말은 때로는 진부하게 느껴지기도 한다. 수많은 시인들이 그리움에 대해 이야기를 하고, 수많은 가수들이 그리움을 노래한다. 하지만 그렇다고 그리움을 대신할 말이 있겠는가. 막연하면서도 절실한 '그리움'이라는 말. 이 시의 화자는 무엇이 그리도 애타게 그리웠을까.

눈이 오는가

화자는 누군가에 '눈이 오는가'라는 물음을 던지며 시를 시작한다. 하지만 화자가 누군가를 콕 집어 하는 질문은 아닌 듯싶다. 마찬가지로 시가 끝날 때까지 그 질문에 답하는 이 역시 없다. 아마도 눈이 쏟아져 내리는 추운 겨울밤, 화자는 내리는 눈을 보며 마음속에 생긴 질문을 혼자 되뇌고 있는 것

이리라.

눈이 퍼붓는 겨울밤. 잉크병이 얼 것 같은 추위 때문인지 아니면 눈이 소복소복 요란스레 쌓이는 그 소리 때문인지 화자는 문득 잠에서 깬다. 도대체 '어쩌자고 잠을 깨어' '그리운 곳 차마 그리운 곳'을 떠올린다. 어쩌면 추위도, 쏟아지는 눈도 아닌, 그리움, 그 애타는 그리움 때문에 잠을 이루지 못한 것일지도 모르겠다.

작은 마을

화자는 백무선 철길 위를 느릿느릿 달리는 화물 열차에 마음을 싣는다. 그 마음은 철길의 끝, 산과 산이 잇따른 곳에 가서 작은 마을을 만난다. 그곳은 다름 아닌 '너를 남기고 온' 곳이다.

훨씬 더 남쪽인 화자가 있는 이곳에도 눈이 내리는 것으로 보아 여기보다 북쪽에 있는 백무선을 달리는 열차 위에도, 네가 있을 그 작은 마을에도 눈이 내리고 있을 거라는 생각에 이른다. 화자는 너와 그 작은 마을이 못 견디게 그리워진다.

복된 눈

시의 화자는 쏟아지는 함박눈을 복된 눈으로 인식하고 있다. 보통 눈은 앞에 어떤 수식어가 오느냐에 따라 여러 가지 이미지를 가지는 시어이다. 매섭게 몰아치는 한파 속의 눈, 온 세상을 고요하게 뒤덮고 있는 하얀 눈, 연인과 손을 잡고 걸을 때 조용조용 내리는 첫눈. 아마 화자에게는 이 눈이 고향의 풍경을 떠올리게 해주는 매개체의 역할을 하지 않았을까. 새하얀 이불같이 온 세상을 고요함과 평화로움으로 포근히 덮고 있는 눈. 먼 남쪽의 도시에서 고향의 풍경과 작은 마을을 느낄 수 있게 해주는 눈이 얼마나 고마웠을까.

이 시는······

새하얗게 쏟아지는 눈 사이로 고향의 모습, 그리운 가족들의 모습이 떠오른다. 머나먼 타지에서 한밤중 잠에서 깨어 불현듯 그리운 이의 모습을 떠올려 본 사람들이라면 누구나 어렵지 않게 화자의 마음에 닿을 수 있을 것이다.

먼저 4연을 보자. 추운 겨울밤 화자는 잠에서 깬다. 이유는 모르겠으나 '어쩌자고'라는 걸로 보아 마음속에 고민이 가득한 것 같다. 그런 그가 고향의 모습, 그것도 함박눈 쏟아져 내리는 고향의 모습을 떠올린다. 왜 하필 함박눈일까? 아무리 눈이 익숙한 북쪽의 마을이라도 겨우내 눈이 오지는 않는다. 게다가 내리는 눈이 복된 눈으로 인식되기도 쉽지 않다. 가난하고 굶주린 사람들에게 추운 겨울에 쏟아지는 눈이 무턱대고 반가울 리 없잖은가. 그럼에도 화자에게 복된 눈이 되는 것은 왜일까?

화자는 이 눈에서 고립의 의미를 찾고자 한 것은 아니었을까. 산과 산 사이에 있는 작은 마을에 내리는 폭설은 사람이 다닐 길을 다 덮어버린다. 어지간한 눈에는 아랑곳하지 않고 달리는 화물열차도 끝없이 내리는 눈 앞에서는 결국 멈출 것이다. 아무도 오고 갈 수 없는 마을. 이제 이곳에는 무자비한 총칼의 폭력도, 잔혹한 권력의 술수도, 간교한 사람들의 유혹도 침범할 수 없다. 오롯이 나와 사랑하는 가족들만 있을 수 있는 작은 마을, 복된 공간으로만 존재한다. 꿈에서 깬 화자에게 지금 가장 필요한 곳은 이런 곳이 아니었을까?

이 시가 발표된 1947년 전후의 상황도 이를 뒷받침한다. 광복은 되었으나 강대국들 사이에서 나라는 혼란스러웠고, 그 가운데 개인은 불가피하게 선택을 강요받기도 했을 것이다. 중도나 애매한 입장은 인정되지 않는, 순간의 선택이 죽음까지 불러올 수 있는 상황. 확고한 신념이나 사상으로 무장한 사람이야 큰 어려움이 없겠지만 대다수 평범한 사람들에게 이런 상황은 대단히 가혹하게 느껴졌을 것이다. 시인 역시 마찬가지였다. 하지만 그저 잘 먹고 잘 입고 오래 살아남을 수 있는 삶. 그러한 삶에 대한 노력은 친일이라는 글자가 되기도 하고 좌익이라는 글자가 되기도 한다.

> 더러는 섬트기 전부터 나라 없는 설움 속에 놓여졌던 사람들이다. 자유란 있을 수 없었다. 조선 사람이란 이름은 그대로 죄수를 의미하는 것 이외의 아무것도 아니었다. 더욱이 시를 쓰고 소설을 쓴다는 것은, 아니 그것을 읽는다는 것만으로도 충분히 사상범으로 취급되었다.

1946년 7월 시인의 글 <전국문학자대회 인상기>의 한 구절이다. 이를 보면 시인의 삶은 우리의 생각보다 훨씬 더 두렵고 냉혹한 나날들이었던 듯싶

다. 그는 정치적인 면에서 우리와 크게 다르지 않은 평범한 사람이었다. 그리고 바로 그런 이유로 그토록 그리운 고향에는 차마 갈 수 없다고 생각했을지도 모른다. 한 치 앞도 모르는 미래건만 날이 밝으면 시인은 생과 사를 가를지도 모르는 또 하나의 선택을 했어야만 한 게 아닐까.

하늘만 곱구나

집도 많은 집도 많은 남대문턱 움 속에서 두 손 오그려 혹혹 입김 불며 이따금씩 쳐다보는 하늘이사 아마 하늘이기 혼자만 곱구나

거북네는 만주서 왔단다 두터운 얼음장과 거센 바람 속을 세월은 흘러 거북이는 만주서 나고 할배는 만주에 묻히고 세월이 무심찮아 봄을 본다고 쫓겨서 울면서 가던 길 돌아왔단다

띠팡을 떠날 때 강을 건늘 때 조선으로 돌아가면 빼앗겼던 땅에서 농사지으며 가 갸 거 겨 배운다더니 조선으로 돌아와도 집도 고향도 없고

거북이는 배추 꼬리를 씹으며 달디달구나 배추 꼬리를 씹으며 꺼무테테한 아배의 얼굴을 바라보면서 배추 꼬리를 씹으며 거북이는 무엇을 생각하누

첫눈 이미 내리고 이윽고 새해가 온다는데 집도 많은 집도 많

은 남대문턱 움 속에서 이따금씩 쳐다보는 하늘이사 아마 하늘이기 혼자만 곱구나

띠팡 '움막'이라는 뜻의 중국말.

집도 많은 집도 많은

화자가 남대문 근처 움집 속에서 추위를 견디고 있는 것은 분명해 보인다. 그런데 그 앞 구절을 보자. 남대문을 수식하고 있는 '집도 많은 집도 많은' 이라는 구절은 중의적으로 읽히지 않는가? 광복 후 서울로 돌아온 사람들이 갈 곳 없이 모여든 움집들(판자촌이나 피난촌을 생각하면 될 듯하다)이 많다는 의미로 본다면 당시 귀향한 빈민층이 많았음을 짐작할 수 있다. 하지만 '(멀쩡한) 집도 많은 남대문'이라는 의미로 해석한다면 귀향한 사람들의 비참한 처지와 달리 제대로 된 집을 가진 사람들이 많다는 모습에서 느끼는 상대적 박탈감을 강조한 것으로도 볼 수 있다.

하늘이기 혼자만 곱구나

하늘만 혼자 곱다는 것은 하늘을 제외한 것들은 곱지 않다는 의미가 된다. 단순하게 하늘과 대비되는 땅을 두고 생각해 보자. 이런 맥락이라면 땅에 있는 모든 것들은 다 부정적인 상태에 놓여 있다는 말이 된다. 그런데 여기서 문제는 우리의 모든 것들은 대부분이 이 땅과 연결되어 있다는 점이다.

우리의 의식주와 관련한 많은 것들, 가족, 친구는 물론 땅에 발붙이고 있는 나 자신까지 땅과 연결되지 않은 것이 없다. 전혀 아름답지 않은 이 상황은 아무런 희망도 꿈도 가질 수 없게 한다. 그 상황에 고개 들어 보이는 곱디고운 하늘. 위로보다는 절망으로, 야속함으로 다가올 뿐이다.

조선으로 돌아가면, 조선으로 돌아와도

이 시에서 유일하게 희망적인 구절은 3연에 등장한다. 광복 소식에 조국으로 다시 돌아오며 꾸었을 아름다운 꿈. 빼앗긴 땅을 다시 찾아 농사짓고 자식들은 우리말을 다시 배우는 그런 날 말이다. 하지만 이제 와 돌아간들 내 집과 고향은 이미 없다. 아니 이미 주인이 있다는 표현이 적절할지도 모르겠다. 먹고사는 문제가 해결이 안 되는데 고향이 아름답게 느껴질 리는 없다. 분명 나라를 되찾아 다시 돌아온 것인데 어째서 되찾을 수 있는 게 하나도 없는지……. 화자는 답답하기만 하다.

배추 꼬리를 씹으며 달디달구나

배추 꼬리는 조선 배추의 뿌리를 말한다. 먹을 것이 귀하고 배추는 비싸 구할 수 없으니 배추 뿌리라도 씹으며 허기를 달래고 있는 것이다. 먹을 수 있는 식재료이기도 하고 실제 단맛이 나긴 하지만 맛있다는 의미는 아닐 것이다. 당시 가난한 사람들이 얼마나 굶주리고 살았을지를 보여주는 것이리라. '달디달구나'라는 구절은 외려 쓰디쓴 현실의 상황을 반어적으로 표현한 것으로 봐도 좋을 것이다.

이 시는……

이 작품은 1946년 12월 전재동포 구제 '시의 밤'에서 낭독된 시로 알려져 있다. 전재동포(戰災同胞)란 일제강점기에 여러 이유로 조국을 떠나 있던 사람들을 일컫는 말이다. 갑작스럽게 광복이 되자 만주나 일본 등지에서 사람들이 많이 돌아온 것은 어찌 보면 당연한 일이다. 문제는 이 사람들을 제대로 맞아들일 준비가 전혀 되어 있지 않았다는 점이다. 우리 힘으로 이뤄낸 광복이 아니기에 광복 이후 나라의 상황은 혼란스러울 수밖에 없었고 부푼 꿈을 안고 돌아온 전재동포들은 구호 사업의 대상이 되어야 할 정도로 극빈한 처지에 놓이게 된다. 아마 '시의 밤' 행사도 이런 동포들을 돕기 위한 일종의 자선 행사나 위로의 의미이지 않았을까.

이 시가 그러한 과정에 조금이나마 도움이 되고자 했다면 시 속에 유일하게 등장하는 가족인 거북네가 중요해질 수밖에 없다. 전재동포들의 다양한 사연을 아우를 수 있는 전형성을 확보할수록 많은 사람들의 공감을 이끌어 낼 수 있었을 터. 그러니 거북네 가족에 대해 좀 더 파고들어 보자.

왜 하필 거북이일까? 동화나 이야기에서 자주 접했던 거북이의 특징들을 떠올려 보자. 느리고 답답해 보이기는 하나 우직하고 끈기 있는 면모를 가진 거북이. 그러니 자기보다 훨씬 빠른 토끼와 달리기 경주를 해 이기기도 하고 토끼의 간을 구해 올 수도 있었을 것이다. 시인은 일제강점기에 잠시

나라를 떠났던 사람들의 모습에서 이런 거북이의 모습을 찾았던 것은 아닐까. 나라를 떠나지 않고 살고자 했다면 분명 그 나름대로 여러 방법들이 있었을 것이다. 변절 같은 쉬운 길도 있었을 것이고 포기하고 사는 체념의 길도 있었을 것이다. 그런데 거북네 가족들은 만주로 떠난다. 위험하고 힘든 길임을 알지만 자신들의 삶을 스스로 개척하기 위해서 말이다. 아마 그 길은 거북이의 발걸음처럼 느리고 힘들었을 것이다. 꽤나 긴 시간 속에서 할배는 만주에 묻히고 새 생명인 거북이 태어나니 말이다. 그러다 다시 찾아온 광복 앞에 거북네는 고향으로 돌아오는 선택을 한다. 그동안 만주에서 일궈놓은 터전을 다 정리하고 돌아온다는 것 역시 고향을 떠나는 선택만큼 어려운 결정이었을 터다. 어쩌면 정착한 곳을 새로운 고향이라 생각하고 사는 편이 좀 더 편했을지도 모른다. 그래도 이들은 희망찬 꿈을 가지고 고향에 돌아온다. 수년에서 수십 년을 돌아다니다가도 잊지 않고 고향으로 돌아오는 바다거북처럼 말이다.

그런데 이렇게 고생해 돌아온 고향은 그들에게 너무 잔혹하다. 거북네 가족은 빼앗긴 땅도 집도 되찾지 못한다. 허름한 움집들만 가득한 이곳에 어김없이 첫눈이 내린다. 새해가 온다는데 이 상황을 해결할 어떤 방법도 보이지 않는다. 배추 꼬리를 씹으며 자신을 바라보고 있는 거북이를 보며 아

버지는 무슨 생각을 했을까. 이번에도 거북이처럼 느리지만 다시 길을 떠나야 하는 걸까? 아니면 이제는 현실에 잘 적응하는 토끼처럼 죽기 살기로 다른 삶을 살아봐야 하는 걸까? 답이 없는 문제를 가지고 씨름할수록 이 고민들은 거북이의 등껍질처럼 그들을 눌러왔을 것이다. 답이 보이지 않는 땅의 세상. 정말 하늘 혼자만 고운 날이다.

이용악을 읽다

북방의 정서로 유이민의 삶을 노래한 시

1판 1쇄 발행일 2021년 2월 8일
1판 2쇄 발행일 2022년 10월 17일

지은이 전국국어교사모임

발행인 김학원
발행처 (주)휴머니스트출판그룹
출판등록 제313-2007-000007호(2007년 1월 5일)
주소 (03991) 서울시 마포구 동교로23길 76(연남동)
전화 02-335-4422 **팩스** 02-334-3427
저자·독자 서비스 humanist@humanistbooks.com
홈페이지 www.humanistbooks.com
유튜브 youtube.com/user/humanistma **포스트** post.naver.com/hmcv
페이스북 facebook.com/hmcv2001 **인스타그램** @humanist_insta

편집책임 문성환 **편집** 윤무재 **디자인** 유주현
용지 화인페이퍼 **인쇄** 청아디앤피 **제본** 민성사

ISBN 979-11-6080-548-2 43810